「ひゅーひゅー、お兄さんってば、すけこまし～」
ピナ
ユーリ

「えへへ～♡　うれし～♡」
「……どう、かな。アイン君」
アリス

CONTENTS

茨木野

[illustration] ひたきゆう

不遇職【鑑定士】が実は最強だった

The unfavorable job [appraiser] was actually the strongest

〜奈落で鍛えた最強の【神眼】で無双する〜

4

口絵・本文イラスト：ひたきゆう

デザイン：寺田鷹樹（GROFAL）

プロローグ　魔族、準備する

アイン・レーシックたちの暮らす世界とは、別の次元に存在する世界、魔界。

魔族達の暮らす、日の差さない薄暗い世界では今、とある大規模な作戦が進行中であった。

「はぁ、疲れたぁ」

「おつ～」

犬型の魔族のもとに、猫型の魔族がやってくる。

魔族達は魔王の城に集められていた。庭にはいくつもの巨大な水晶体が置いてあり、魔族達はそこに魔力を込めていた。

「なぁ、これ何の意味があるのかな。おれらの魔力を込めてよ」

猫型の魔族が、犬型に尋ねる。

「ばかおまえ、エキドナ様の話聞いてなかったのかよ」

エキドナ、魔族達を指揮する女であり、魔王の側近。

「エキドナ様はまもなく、大規模な作戦を実施するおつもりらしい。魔界にいる全魔族を投入し、人間界に攻め入るそうだ」

「ぜ、全魔族⁉　いや、そんなこと……できるのか？　たしか、人間の世界と魔族の世界は、次元の壁に阻まれてて、ゲートを通じてじゃないと行けないんだろ？　しかも、一つゲート開くのに、すごい魔力が必要だって」

　現状、ゲート以外に、魔族が人間界に行く手立てはない。だから、行ける数は限られているのだ。

「そのために、おれらが毎日しこしこ、こうして魔力をこのバッテリーに込めてるんだろ」

　この水晶は魔力を蓄積させておくための装置であるそうだ。

「毎日交代で、魔力を込めまくり、満タンになったら、エキドナ様は作戦を実行するおつもりだそうだ」

「うーん……でもよぉ、毎日魔力を込めたら、疲れちまうぜ？」

　猫型の言葉に、犬型がうなずく。

「ああ、だから充電が完了したあとに、しばらく休暇をくれるそうだ。十分な休養がとれたのちに攻め入るんだと」

　ふと、猫型の魔族が疑問を口にする。

「なあ、どうして今なんだろうな？」

「ん？　どういうことだ？」

「いや、魔族って長いことこの魔界にいるけどよぉ、人間界に大人数で攻め入る機会って何度もあったと思うんだ。それが、なんで今なんだろうなって。しかも、厄介なことに、今人間界には、アイン・レーシックがいるだろ？」

　魔族達の中で、アインはすっかり有名人になっていた。魔族を屠り、魔神すらも撃破した、人間界の希望。

　そんな大英雄が存在する時期に、なぜ、魔族を投入するのだろうかと。

「アインがいないときに攻めりゃ……ぎゃあぁ！」

　猫型魔族が、一瞬にして消し飛ばされた。一緒に話していた犬型魔族が、ばっ、と頭を下げる。

　そこには、褐色肌の美女……エキドナが立っていた。

「おしゃべりしてないで、手を動かしましょうね？」

「は、はひぃいいい！　ただいまぁ！」

　犬型魔族が水晶に手をやって、魔力を込める。猫型が殺されたことで、休んでいたほかの魔族たちも、急いで作業に戻る。

　サボれば、殺される。

「みんな働き者で、うれしいわ。魔王様もきっと喜んでるはず」

　……みな、この魔王の側近たるエキドナを恐れていた。彼女は美しいだけでなく、強いのである。

「さて……と」

　エキドナはきびすを返して、城へと向かう。会議室には、残っている上級魔族達が座っていた。

　いるのはリドラ、Q、そして羅甲(らこう)。七人いた上級魔族のうち、半数以上がアインの手によって撃破されたのだ。

「みんな、大規模侵攻については、聞いてるわね。準備にはまだしばらくかかるから、それまでは好きにしていいわ」

　すっ、と羅甲が出て行く。リドラが、ちっとつまらなそうに舌打ちをした。

「早く人間なんてぶっ殺してぇのによ」

「もうちょっとの辛抱よ、リドラ。ゲートが開いたら、あなたの好きなように暴れていいから」

「約束だぜえ……エキドナ様よぉ」

　にぃ……と笑ってリドラが出て行く。残されたQの肩に、ぽん……とエキドナが触れる。

「戦うのが怖い？」

「そ、そんなことは……」

「大丈夫。あなたは強いわ。期待してる」

　耳元でエキドナがささやくと、Qは頬を赤らめて、さっさと会議室を出て行ってしまった。

　先ほどまで微笑を浮かべていたエキドナは、一転して、冷たい表情となる。

「ほんと、動かしやすい駒ばかり」

　エキドナは胸の谷間から水晶玉を取り出す。そこには、エキドナの妹、テレジアが映っている。

　彼女もまた、エキドナが動かした駒の一つだ。

　そう、自分にとって、自分以外のものなど、所詮、大命を果たすための駒にすぎないのである。

「待っててミクトラン……この大戦が終われば、まもなく……あなたは自由になる」

　先ほどまでの冷たい表情はどこへいったのか、恋する乙女のように、エキドナはつぶやくのだった。

1話　鑑定士は空の国へ行く

俺の名前はアイン・レーシック。鑑定士の職業(ジョブ)を持つ、平凡な男だった。

ある日仲間の裏切りによって奈落に落とされたが、そこで世界樹ユーリ、守り手のウルスラと出会う。

そこで俺はすべてを見切る精霊の目と、どんな敵にも立ち向かえる強靭(きょうじん)な体を手に入れた。

その後、俺の命を救ってくれたユーリとともに、彼女の姉妹に会わせるという旅に出る。

九人姉妹のうち、ピナ、アリス、クルシュ、メイ、マオ、カノンに会わせることができた。

残りは二人。だがそのうちの一人エキドナは、なぜか魔族側についていた。

アリス曰(いわ)く彼女はエキドナ本人ではないようだが……真相はわからない。

何はともあれ、残り二人。俺たちの旅も終盤にさしかかろうとしていた。

☆

白猫(はくびょう)との修行を終え、俺は一段階上の強さを手に入れることができた。

ここはドワーフ国カイ・パゴス。

年中氷雪に包まれているこの国には、ユーリの妹カノンがいた。

王都カイの街のお城で、今日はパーティが開かれていた。

「うにゃあ！　これより、アインちゃん国を救ってくれてありがとう！のパーティをするにゃーん！」

音頭を取っているのは精霊姉妹がひとりカノン。

彼女はドワーフたちから非常に愛されているのだ。この国の地下に彼女の世界樹があり、遥か昔からドワーフたちと共存してきたという歴史があるがゆえにだろう。

「それじゃー、カンパーイ！」

わっ！　とドワーフたちが歓声を上げる。国中のドワーフたちが集まっているようだ。

初めてこの国に来たとき、ドワーフたちはみな巨体のトロールの奴隷となって働かされていた。

痩せ細っていた彼らはしかし、今は元のふっくらした、元気な姿になっている。

助けられてほんとうによかったと、俺は心から思った。

「アインさん……！」

「ん？　ユーリ……おお！」

俺の恩人、ユーリがクリスタルの綺麗なドレスを着て現れたのだ。

す、すごい……なんだ、綺麗すぎて、言葉が出てこない。

美しい金髪に、真っ白な肌。普段の白いワンピースも可愛いけど、今のこのお姫様みたいなクリスタルのドレスは、それはそれはもう似合いすぎてる……！

「どうですか？」

「あ、いや……その……」

「似合ってない、ですか？」

しゅん、とユーリが肩を落とす。長めの耳がしょぼんと折れていた。ああだめだ！

「ちょ、ちょー綺麗です！」

「ほんとですかっ♡　えへへ～♡　うれし～♡」

ぴこぴことまるで子犬のしっぽのように揺れるユーリの耳。ほんと、ユーリは何を着てもきれいだし、どんな動作も可愛い。

なにせ彼女は世界樹の精霊。美しくて当然だ。俺はそんな彼女を守る使命を帯びた存在、守り手の座を、本来の守り手であるウルスラから譲り受けたのだ。

「ちょいちょいお兄さん～。アタシたちにも褒めてほしーなーって」

「おお、ピナ。それにみんなも」

ピナをはじめとした、精霊姉妹達がドレスアップした姿で現れる。彼女たちは皆クリスタルのドレスを着ていた。ユーリとは色違い、デザインも違うが、やはりみんな似合ってる。

「……どう、かな。アイン君」

「アリス……」

薄紫のドレスに身を包んだ、薄幸の美少女のようなアリス。なんというか、普段あんまり肌を見せない彼女が、今はその白い肌をさらしてて、その……いけないものを見てる気分になって、照れちまう。

「う、うん。綺麗」

「…………そう」

ぷいっ、とアリスがそっぽを向いてしまう。あれ？　答え間違えただろうか。

「ひゅーひゅー、お兄さんってば、すけこまし〜。ユーリおねえちゃんだけでなく、アリスおねえちゃんまでたらしこむなんて〜☆」

ピナがアリスと俺をからかってくる。ほんとこいつは、いつも俺らをおちょくってくるよな。まったく。

で、だいたいここに乗っかってくるのがクルシュなんだが……。

「…………」

「あれ？　クルシュ……？」

彼女もまた、藍色の美しいドレスを着ていた。長い髪を夜会巻きにしていて、これまたエロかっこいい。

普段布面で顔を隠してるものの、笑っていることの多い彼女が、なぜか今日は物憂げな表情をしていた。

「どうした？」

「え……？　な、なにかなアイちゃん？」

焦ったように取り繕うクルシュ。どうしたんだろうか？

「くーちゃんどうしたの〜？」

末っ子のメイが、クルシュの腕をくいくいと引っ張る。メイの守り手は死んでしまい、今はクルシュが妹を守っている。

長い間一緒にいたからか、メイにとってクルシュは姉というより、母親的なポジションにいるらしい。

「ん、ん〜ん。なんでもないぜメイちゃん。どうしたの？」

「くーちゃん！　あっちにおいしそうなものがあったの！　一緒に食べよ〜よ！」

いつもだったらメイを連れて、一緒に行く彼女だが……。

「ごめん、メイちゃん。お姉さんちょっとお腹(なか)すいてなくて」

「えー」

「代わりにマオマオ、メイちゃんをお願い」

眼帯をつけたユーリの妹、マオがうなずくと、メイの手をにぎる。

「しかたないなぁ、めーがついてってあげるよ、まーちゃん」

「いやそれ我のセリフ……あ、待ってメイ！　待ってってばもう！」

マオがメイを連れて料理のとこへと向かっていく。クルシュはその姿を後ろからぼんやりと見ていた。

どうしたんだろう、いつも陽気なクルシュが、何か考え込むなんて。

彼女はふらふらとパーティ会場を出て行った。

「姉様、どうしたのでしょう……何か考え事かなぁ」

「あ、ユーリもそう思う?」

こくん、とユーリが不安げな表情でうなずく。共感力が高く、優しい彼女はいつだって姉妹のことを思っているのだ。

「考えごとって、なんだろう。たとえば」

「うーん……守り手さんのこととか?」

「守り手……? え、クルシュにもいるの?」

するといつの間にか隣にいた、俺の師匠であり元ユーリの守り手、ウルスラがうなずく。

「うむ。エルロンという守り手がおってな」

「エルロン……」

「あやつは我ら九賢者のうちでただ一人の神竜族の男よ」

「しんりゅうぞく……?」

「通常のドラゴンとは異なり、高い知性と理性を兼ね備えた、特別な竜族のことじゃ。エルロンは青龍の娘である青嵐(せいらん)様には及ばぬものの、十二分に強き男じゃ」

ウルスラ達賢者は精霊を作りし存在であり、彼女らが安らかに一生を終えられるよう守る使命を与えられている。

エルロンってやつもまた、ウルスラと同格の賢者のひとりってわけだ。

「おぬしはまだ見たことがないだろうが、彼女の世界樹もまたこの世界のどこかに存在し、それを守る守り手であるエルロンもまた、そのどこかにいるのじゃ」

「どこかって……どこだよ？」

「わからぬ。賢者はおのおのが最も守りやすい場所に隠しダンジョンを作り、そこで守り手の業務を遂行していたからの」

なるほど、よく考えなくても俺も姉妹達のいる隠しダンジョンの居場所を捜すのに苦労している。

そう簡単に見つからないような場所に、頭のいい賢者達が隠してるのだ。当然と言えた。

「クルシュはほかの精霊達と異なり、単独行動スキルを持っておる。メイのピンチを聞いた彼女は自分の世界樹を離れて今とともに行動しておるが、本来ならば彼女はエルロンとともにどこかにいるはずなのじゃ」

「あー……それか。長く古巣を離れてるから、故郷が恋しくなったとか？」

「わからんが、まあ気にはなるじゃろう。特に今は魔族が活発に動いてるうえ、魔神などという厄介な存在もあらわれたからの」

魔神。ウルスラ曰く、神様達の暮らす世界・天界から地上へと降りて、人間たちのいる下界に来た悪い神様のこと。

その一柱トールには、こないだ辛くも勝利することに成功。また同じような敵が来ても大丈夫なように、俺は白猫のもとで修行。一時的に魔神と対等に戦える技、【鬼神化】を手に入れた。

「魔神って、まだいるのか？」

「うむ。残念ながらの。各地に封印されてはおるが、トールが復活したことがきっかけとなって、よその魔神が活性化してておかしくはない」

……あんなのがまだいるのか。くそ。だが、俺はもう負けない。鬼神化を身につけたんだ。次こそは……ちゃんと勝つ。

「ウルスラちゃん、もう、お祝いの席なのに、何くらーい話題をだしてるの？」

「く、黒ちゃん……すまぬ」

ピナの守り手である黒姫があきれたように息をつく。

「ほらほら、みんなも、せっかくのごちそうよ。たんと召し上がらないと、用意してくれた人たちに悪いでしょ？」

「「はーい」」

俺もユーリもそれ以上は考えないようにした。クルシュが何に悩んでるのかなんて本人にしかわからないしな。

☆

パーティはつつがなく進んでいった。ドワーフたちの用意してくれた料理はどれもとても美味で、精霊達も俺も大満足だ。特に酒がおいしかった。ドワーフのみんなは酒が好きらしく、自前で酒蔵をやってる人が何人もいるそうだ。

「お酒……おいしいれふ～……♡」

「ゆ、ユーリさん……飲み過ぎでは……？」

顔を真っ赤にしたユーリが俺の腕を抱きしめて、肩に頭を乗っけてくる！

「えー、らって～♡　アインしゃんとー、一緒に飲んでるから～♡　えへへへ♡　アインしゃんアインしゃーん♡」

子猫のように甘えてくるユーリ。か、可愛すぎて直視できない……！

ウルスラは黒姫と飲んでいる。ちらっとこっちを見たものの、俺に任せるようで、黒姫との会話に戻っていた。前の過保護なウルスラじゃ考えられないな。

「ひゃ♡　も～♡　アインしゃんの、エッチぃ～♡」

「え、な、なに急に？」

ユーリが目を細めて、顔を真っ赤にしながら、体をもじもじさせる。

「そんなにわたしのお尻触りたいなら～♡　言ってくればいいのに～♡」

「え⁉　お、おしり⁉　触ってなんか……」

ん？　ユーリの後ろに誰かいるの？

「がははは！　いい尻だねえ！　お嬢さん！」

……そこには、一人のドワーフがいた。女で、ドワーフにしては背が高い。

ゴリゴリに鍛えており、褐色の肌。頭にはバンダナで、タンクトップに作業ズボンという出で立ちだ。

ドワーフの職人さんだろうか。てゆーか！

「なにユーリの尻をもみしだいてるんだよあんた！」

「おお、悪い悪い。いい尻だなぁって思ってついなぁ……！」

「やめてくれよ……なんなんだよあんた」

女ドワーフが改めて俺を見て言う。

「おれぁ【マリク】ってんだ。マリク＝ド＝カイ・パゴス」

「俺はアイン……て、ん？　名前に……カイ・パゴス？」

するとそこへ、カノンが近づいてきた。

「にゃ？　マリクちゃん、何してるのかにゃ？」

「おー！　カノン、あんたいい姉ちゃん持ってるなぁ！　めっちゃいい尻してたぜ！　おっとでもおれのナンバーワン尻は、あんただぜ、なんつって、がはは！」

豪快に笑うマリク。いやでも、この人の名前からしてもしかして……。

「な、なあカノン。紹介してくれないか、マリクさん……様を」

「にゃ？　そうだったにゃ。マリクちゃんはドワーフ国の女王様だにゃん」

やっぱりそうか！　だと思った。てゆーか、王様なのに、こんなラフな格好？　しかも頭にバンダナって……。

「悪かったな、レーシックの英雄さん。挨拶が遅れて」

「あ、いや。すみません、ため口きいて」

「は！　何言ってんだ。国を救ってくれた英雄に敬語なんて使わせられるかってんだ。いいよタメ口で、おれのこともマリクでいい」

「いやそれはさすがに……」

「律儀だねえ英雄様は。ま、そこが気に入ったんだけどな！」

ぺろん、とマリク様が俺の尻をなでてきた！

「あんた何してるんですか⁉」

「尻が好きなんだ」

きりりとした顔でとんでもないことを言うな！

「にゃー、マリクちゃんは天才鍛冶師で王様なんだけど、ちょーっといろいろ性格に難があるにゃ」

「へ、へえ……鍛冶師なんですか」

「おうさ。というか、国一番の鍛冶師が王になって国を治めてる感じさね。世襲じゃないのよ、うちは」

はあ〜……いろんな国を見てきたけど、だいたい王族が国を代々守っていた。けどここは、すごい鍛冶師がトップになるらしい。

なるほど、だからあんまり王族っぽさがないのか。

「ほんとにこのたびは、ありがとねアイン。あんたのおかげで国が守れたよ」

きゅ、急に真面目になってきたな……。緩急がやばい。

「たいしたことしてないよ。俺はただ、この子を姉妹に会わせたかっただけだし」

「そのついでで世界を救ったのか！　あっはっは！　すげーなぁ！　ますます気に入ったぜ！」

ばしばしばし！　とマリク様が俺の背中を叩く。笑ってるから気を悪くしてはいないようだ。てゆーか俺が何言っても気に入られるな……。

「困ったことがあったら、なんでも、うちに頼ってくれ。何かが壊れたとか、新しい剣がほしいとか。あんたの頼みだったら、おれらドワーフは喜んで力貸すぜ」

「そりゃ心強い。ありがとうございます」

マリク女王も、ドワーフたちも笑っている。俺は改めて、この国を助けることができて良かったと、心からそう思ったのだった。

☆

パーティもそろそろ終わりという段階になって、くいくい、とメイに手を引かれた。

俺はしゃがみ込んでメイと会話する。

「ねーねー、くーちゃん知らない？」

「え、クルシュ？　メイと一緒じゃないのか？」

「うん。きょーね、まーちゃんと一緒。くーちゃんなんか、ぼーっと。うえ、うわ、うえの、う、だから！」

どうやら上の空だったと言いたいらしい。確かに考え込んでいる様子ではあった。

そんな日もあるかと思ったんだけど、ずっと一緒にいるメイですら違和感を覚えてたのだ。

「めーはしんぱいです。でもめーじゃなにもできないから、おにーちゃん、おねがい」

「ん。了解だ。優しいなメイは」

「めーとくーちゃんは仲良しさんですからな！」

いずれにしろ何かあったのだろうと思って、俺はクルシュに話を聞いてみることにした。

周りを見渡しながら歩いてると、城の中庭にクルシュがいた。

「何やってるんだ？」

「ん。ああ……アイちゃんか」

クルシュはぼんやりと空を眺めていた。

「メイがさ、おまえを心配してたよ」

「メイ、ちゃんが……？」

「ああ。なにかあったんじゃないかってよ」

「そっか……メイちゃんもいつの間にか、大人になってるんだねぇ」

クルシュがそうつぶやく。どこか寂寥感を覚えるような言いかただった。

らしくないって、メイじゃないけど、俺も思った。

「クルシュ、なんかあったんだろう？　よかったら言ってくれよ。力になるからさ」

俺はユーリの守り手だけど、彼女の姉妹たちも守りたいって思ってる。

大事な人の、大事な人たちだから。それに、この左目は、そんなふうに困ってる人たちを助けるため、ユーリから預かってるものだから。

ユーリの姉ちゃんが困ってるんだったら、助けるに決まってる。

「あはは！　ありがとアイちゃん。やさしいねぇ」

クルシュはいつもみたいににかっと笑って、俺の肩に腕を回す。

どむ、と大きなおっぱいがのしかかる。や、やっぱでかいよな……といつもなら照れてしまうところだけど。

近くで見たクルシュの口元は、どこか無理して笑ってるように感じてしまった。

「でも大丈夫。お姉さんはほら、強くてかっこいい、みんなのお姉さまだからさ」

「いや、それはまあそうだけど……」

クルシュは今いる姉妹の中で唯一戦う力を持ってる。また、【虚無の邪眼】っていう、最強無比のスキルも保有している。

なるほど誰よりも強くて頼りになる人物かもしれない。

「でも、おまえだって女の子だろ？」

「！」

何気なくそう言ったつもりだった。けどクルシュは口を大きく開いて固まっていた。そんなに意外な言葉だったろうか？

「きゅ、急に女子扱いすんなし～。んもー。アイちゃんにはきゃわいいマイシスターがいるくせに、お姉さんにも浮気かい～？」

いつものクルシュに戻って、俺の頬をつんつんとつつく。

「お姉さんのお尻追っかけてないで、君はユーリちゃんとのラブをはぐくんでいくのだよ〜ん」

「そりゃ、まあそれはわかってる。けど今、俺はおまえのことが」

「アイちゃん」

クルシュが俺を見つめている。口元は、微笑(ほほえ)んだまま。でも、なんだろう。俺を遮ったその言葉には、強い拒絶のニュアンスがあった気がした。

いつだって陽気に笑ってて、でも、誰よりも優しくて強いクルシュが……。

誰かを拒むことを、するなんて。俺は当惑するしかなくて、二の句が継げないでいた。

するとクルシュはいつものやわらかい口調で続ける。

「お姉さんのことは、大丈夫だから。マイシスターズのこと、よろしくね」

「え、あ、ああ……。わかってるさ」

ほっ、とクルシュが安堵(あんど)の息をつく。それは心から安心してるようであった。

「アイちゃん、お姉さんね……」

「？」

クルシュはしばし黙った後、ふるふると首を振った。

「なんでもない」

嘘(うそ)だ……。絶対何かあるんだ。俺に何か言いたかったに違いない。でも考えて、言うのをやめたんだろう。

そんな風に隠し事されるのは、あんまり好きじゃなかった。だって何かの事態に直面してるのは事実だろうから。それを俺や、ほかの姉妹に頼るんじゃなくて、自分一人で抱え込んでいるのが、つらかった。

信頼されていないいんじゃないかって思って、つらかった。

「アイちゃん、みんなを……特に、メイちゃんをよろしくね」

こつこつとヒールを鳴らしながら、クルシュが俺の肩にポンと手をおく。

「バイバイ」

ざあ……！　と強く風が吹いた。思わず目を閉じる。そして再び目を開けるとクルシュの姿はなかった。

「クルシュ……？」

「……アイン君、どうしたの？」

アリスが俺のもとへとやってくる。

「いや、今クルシュと話してたんだけど……おまえ、見てない？」

ふるふる、とアリスが静かに首を振る。

「……姉さんと何話してたの？」

「いや、別に。なんか悩んでたみたいだから、力になるぞって。でも……」

「……断られたんだよね？」

そのとおりだ。あれ？　アリスはなんでわかったんだろうか。

彼女は小さく息をついて言う。

「……クルシュ姉さんは、昔からそうなの。一人で全部しょい込んで、妹たちのために勝手に裏で動いてて、勝手に解決してた」

そんなことがあったのか。まあたしかに、前に上級魔族がレーシック領に攻めてきたとき、彼女はいつの間にか俺たちのもとを離れていた。もしかしたら敵が来るかもしれないと、領地の防衛を彼女に任せていたのだが。

戦闘があったってことは、だいぶあとになって、領民のコディから聞いたんだよな。

「……多分今回も何かあったのは間違いないわ」

「心当たりは？」

ふるふる、とクルシュが首を横に振った後、唇をかみしめる。

「……悔しいわ」

「なにが？」

「……いつだって私たち世界樹の精霊は、誰かに守られてる。姉さんもその一人だというのに、あの人はいつも一人で何とかしちゃうの」

……そうだよな。クルシュだって女の子なのだ。それなのに、彼女は誰にも頼ろうとしない。姉だからか、みんなを率先して守ろうとする。まとめようとする。

でも別に頼ったって全然いいと思うんだ。

「……姉さんは強いわ。でもそれは姉さんの美徳でもあるけど、弱点でもある」

「強いことが？」

「……強いから、頼れないのよ。アインくんも、そうでしょう？」

アリスの少し責めるようなニュアンスに、何も言い返せなかった。この目を手に入れてから、俺も確かに誰かに頼ることはなくなった。

クルシュに偉そうに説教垂れられる立場じゃなかったな。

「……ごめんなさい。アインくんを非難してるんじゃないの。アインくんも、姉さんも、もっと周りを頼ってほしいって、そう思ってるだけ」

耳の痛いセリフだった。ほんと、人のことは言えない。

クルシュが何に悩んでるのか、彼女は今はまだ言えないのだろう。

なら、俺は彼女が言ってくれるのを待つしかないか。

……けれどそれは甘かった。

その日以来クルシュは、俺たちの前から姿を消したのだ。

☆

「う～……うう～……くーちゃーん……どこぉ～……」

俺たちは一度、レーシック領に帰ってきていた。カイ・パゴスでクルシュが消えてからもう一週間。

俺はあちこち知り合いのところを回って、クルシュがきていないか尋ねた。でもどこにも彼女の姿はなかった。

「くーちゃーん……ううう……」

俺がいるのは領主の館。客間には精霊姉妹たち。みんないなくなったクルシュのことを心配していた。特にメイは、姉がいなくなってからずっとぐずってる。

ユーリがつきっきりであやしてるから、感情の大爆発は起きていないけど、辛そうだ。なによりユーリ本人もまた不安そうにしてる。妹のために、無理やり笑ってるけど、けれど笑顔を作ってるのは見て明らかだ。

大事な人がこんな顔をしてるのを、黙って見ていられない。

「クルシュお姉ちゃん……どったんだろ」

いつも天真爛漫なピナですら元気がなかった。ピナもメイも、そしてもちろんほかの姉妹たちも、姉の不在に心を痛めていた。

「こんだけ捜しても、見当たらないなんて……」

そのときだった。

「少年、久しぶりだね」

「ジャスパー！　悪いな、忙しいのに」

赤い髪の美丈夫、ジャスパーが俺たちの前にやってきた。彼は銀鳳商会という、この世界で一番大きな商業ギルドのギルドマスターをやってるすごいひとだ。

ひょんなことから、俺は彼と協力関係になっている。

「どうだった？」

「……残念ながら、ミス・クルシュを目撃したという証言はなかった。すまない」

ジャスパーのギルドは世界一の商業ギルドだ。彼に頼んで、捜すのを手伝ってもらったのだ。

「商人たちから情報を集めたのだが、どこの街でも、ミス・クルシュらしき姿を見たひとはいないという」

「そう……か……」

世界中につてのあるジャスパーですら見つけられないなんて……。

しかし気落ちする俺たちとは対照的に、ジャスパーは何か確信めいた様子で言う。

「少年、私はすごい違和感を覚えてるのだよ」

「違和感？」

「ああ。あれだけ目立つ格好の美女だ。必ずどこかで目撃情報があるはず」

言われてみると、クルシュは背が高いし、扇情的な恰好(かっこう)をしてるし、何より目を布面で隠している。否(いや)が応(おう)でも目立つ。

それがジャスパーの情報網に全く引っかからないのは、おかしい。

「地上には、彼女はいないのではないかと愚考する」

「地上にはって……？」

はっ、とアリスが何かに気づいたような顔になる。

「……まさか、姉さんは」

「お姉ちゃん！　なに、どこにいるの⁉　クルシュお姉ちゃんは！」

ピナから尋ねられて、アリスは自分の推論を述べる。

「……姉さんは、自分のダンジョンに戻った。そうとしか考えられない」

自分のダンジョン……つまり、世界樹のある隠しダンジョンか！

そうか、確かにそれならつじつまが合う。世界樹は地上の人間たちが、魔力を生み出すそれを悪用しないよう、守り手たちによって隠された。

地上にいないのなら、隠しダンジョンの中にいる。盲点だった……。

「そうだ。基本を忘れてた。ユーリ達精霊は、隠しダンジョンの中にいるのが普通なんだ……」

クルシュは特別だ。あいつは単独行動スキルっていう、世界樹に縛られずに自由に動ける力を持ってる。守り手が死んでしまったメイのために自分の世界樹がある場所を離れて、妹のもとへ行った。

メイと一緒にクルシュとも行動を共にするようになったから、忘れていた。俺は、クルシュの世界樹がどこにあるかを知らない。クルシュのダンジョンを、攻略していなかった。

「クルシュちゃんのダンジョンはどこに隠されてるにゃー？」

「知らない……だが、エルロンってやつが守ってるってことだけは」

ぴくっ、とマオが反応を見せる。

「アイン。今、エルロンって言ったのか？」

「え、ああ。そうだぞマオ」

「なるほど……くくく！　我がこの場に居合わせたのは、この時のための伏線！　神が定めし」

「そーゆーのいいから！　マオ！　あんた何か知ってんの⁉」

ピナが妹の肩をつかんで揺らす。クルシュにそれだけ会いたいんだろうな。

「う、うん。正確に言えば我のママンから」

「青嵐から？」

マオの守り手、青嵐はこの世界を作った神、青龍の娘だと聞く。

「アイン、神竜族は知ってるか？」

「ああ。ウルスラが前に言ってたやつだよな。ドラゴンたちの頂点に君臨するすさまじき力を秘めたドラゴンって」

古竜以上のドラゴンってことだよな。

「神竜族はママンのママン……グランマと一般の竜との間に生まれしドラゴンたちなのだ」

「あれ、青嵐は？」

「グランマの肉体の一部がママンとなったのだ」

肉体の一部が、娘になる？

話を聞いていたウルスラが補足説明を入れる。

「神話ではよくあることじゃ。神は人間と違い、子をなすのにつがいを必要とせぬのじゃ。おのれの存在の力を分離するだけで、新しい神が生まれる」

なるほど、青嵐母の肉体から生まれた青嵐は、神で。

青嵐母と竜との間に生まれた神竜族は、神ではない竜ってことか。

『わしはエルフじゃから、神竜族の詳細は知らなんだ。しかし……』

「そうか！　神竜族とゆかりのある青嵐なら、詳しく事情を知ってるかもしれない！」

全く手掛かりなしだった状態だったが、ここにきて、やっと光明が差したぞ！

「じゃあ！　姉さまは神竜族が守ってる場所にいるのですね！」

「ふぇ？　なに、ゆーちゃん……どういうことぉ？」

メイを抱っこしてるユーリが、笑顔で妹を抱きしめる。

「姉さまに会えるかもしれないです！」

「ほんとー！　わーい！　わーい！」

メイがやっと笑顔になってくれた。ユーリもつられるように笑ってる。そうだ、俺は精霊たちの笑顔のために戦い、旅を続けてるんだ。

あきらめかけていた俺の心にまた再び火が灯る。

「マオ、神竜族はどこにいるのかわかるか？」

「あーくん、直接本人に聞いたらどう？」

ピナの守り手黒姫が、そうアドバイスをする。ん？　あ、ああ！　そ、そうだった！

俺、青嵐から、賢者の石をもらってたんだった！

『…………』

俺の右目から、猛烈なプレッシャーを感じる。い、嫌な予感が……。

『マオの活躍をな、奪うわけにはいかぬと、妾は黙っておったのじゃ』

右目から青嵐の声。俺の右目は賢者の石といって、守り手たち賢者と意識を共有させることができる。

転移魔法を使えるウルスラ、黒姫と違い、基本的に守り手はその場から動けない。

けどこの石を持っていれば、遠く離れた場所にいる守り手たちと会話できる、のだが。

『そち、すっかり妾のことを忘れておったな？　ん？』

ごごごご！　と怒りの波動がさらに強くなる！　いや、たしかに、忘れてたっていうか、焦ってて気づいていなかったたっていうか。

「す、すみません……」

『妾は別に謝ってほしいなどとは一言も言っておらぬ』

「え、じゃ、じゃあ怒ってない？」

『怒髪天を衝くかのごとく怒ってる』

どうしろと⁉

『娘を預かると啖呵を切った度胸を認めてやったというのに、この男は！　絶対に許さん！』

「ママン、アインを許してあげて」

『わかった、許す‼』

許すんかい！　ほんとこの母ちゃん、娘に甘いよなぁ……。

マオがいてよかった。

『結論を言おう、アイン。神竜族は地上にはいない』

「地上にはって、じゃあ地下か？」

『異なことを言う。竜がいる場所など、一ヵ所しかあるまい』

まさか……。

『そうだ。神竜族は空にいる。竜王国スカイ・フォシワに』

☆

アインたちがクルシュの手がかりをつかんだ、一方その頃。

その当の本人はというと、地上から途方もないくらい離れた上空にいた。

「…………」

彼女は今、何も身につけていない。

衣服も、そして普段顔を覆っている布面すらもない。

彼女は素顔をさらし、何もない空の上でまるで胎児のように丸くなっている。

彼女の周囲には赤い、まがまがしい結界が発生していた。

それは彼女の持つ【虚無の邪眼】がもらす眼光を、編んで作られた赤い鳥かごのようなもの。

鳥かごの中心にはクルシュ。

そして……その頂点となる部分には、黒い卵が浮かんでいる。
どくん……どくん……。卵はまるで生き物のように脈動を繰り返している。
ぴしりと亀裂が入って、そこから一本の腕が出てくる。
だが腕が外に出た瞬間、ボッ……！　と消滅した。
卵の脈動が小さくなる。まるで内側に何かが居て、眠りについたようだ。クルシュは気だるげに
それを見つめて、はぁ……と息をつく。安堵から来るものか、あるいは、重度の疲労から来るもの
なのか。
「…………」
クルシュは一糸まとわぬ姿でまた丸くなり、目を閉じる。だが赤い……【虚無の結界】とも言え
る鳥かごが消えることはない。
【虚無の邪眼】は通常、目を開いているときだけ発動する。だが彼女が目を閉じても邪眼が効果を
発揮し続けている。
それはクルシュ自身が枷を外したからだ。そうしないと、やつが復活してしまうから。
「アイちゃん……みんな……」
目を閉じて、脳裏に浮かぶのは地上で過ごした楽しい時間。姉妹達の笑顔、そして……彼の凛々(りり)
しい顔。
アイン・レーシック。彼ならば……助けてくれるのではないか。一瞬そう甘えそうになってしま
った。けれど、ふるふると首を振る。

「私が……やらないと……私は……強いから……大丈夫、強いから……」

それは自分に言い聞かせるための言葉だった。自分は強いから大丈夫だろうと、そう思い込ませる。……でないと、心が折れてしまいそうだった。

「みんな……」

……会いたいよ、という言葉はのみ込んで、クルシュは再び眠りにつくのだった。

☆

俺たちは居なくなったクルシュを捜している。自分の隠しダンジョンにいるだろうという見当をつけた俺たちは、次に、じゃあその隠しダンジョンがどこにあるのかを調べた。

そして一つの問題が判明する。その問題をクリアするため、俺は今、ゲータ・ニィガ王国の地下書庫……禁書庫にいた。

「おー！　アイちゃんおひさー！」

「朱羽(あかはね)、久しぶりだな」

ポニテの幼女賢者、朱羽。アリスの母ちゃんだ。

「っと、なんやジョージのおっちゃんやんけ！　こっちはちょーおひさやな！」

「ふぉふぉ、おひさしゅうございます、朱羽殿」

俺の隣には王女クラウディアの父……現ゲータ・ニィガ国王がいる。ジョージっていうのか。

「なんやめっちゃお久しやんけ！　あんたが王位を継いで以来やな～。もっと頻繁に来てもええんやで？」

　禁書庫は王家が管理している。そして王と、司書であるアリスの許可が無い限り入れないし、また人間以外入れないことになってる。

　王家は代々禁書庫を守るかわりに、地下資源を提供するという協定を結んでいるんだってさ。

「そうはいきませぬ。ここは秘匿された土地。わしのような一般人は立ち入ってはならぬのです。アイン君のような選ばれた人間ならまだしも」

「ジョージちゃんなら別にええけどなぁ……ま、ええわ」

　アリスが俺の隣に立っている。いつもだったらアリスをいじってくる朱羽も、今日ばかりは真面目な顔だ。

「話は賢者の石を通して聞かせてもらったで。竜王国スカイ・フォシワへ行くんやってな」

「ああ。クルシュを捜すために」

「………………」

　朱羽は一瞬、難しい顔をした。いつだって元気に笑ってる彼女が珍しい。

「アインちゃん。一つ、聞きたいんやけど、それってなんでや？」

「なんでって……」

「クルシュちゃんは自分で姿を隠した。つまり何か事情があるんや。うちらに、姉妹に、アインちゃんに相談できないほどの、どえらいやつや。……そこまではええか？」

わかってる、と俺はうなずく。そうでなきゃ、何も言わず消えるわけがない。

「もう一つ、あんたらの前から何も言わずに消えたっちゅーことは、あんたらに迷惑かけたくないからや。距離を取らないといけない事情があるからや。あんたのやろうとしてることは、その彼女の思いを踏みにじることになる。ハッキリ言えば余計なお節介や」

「……母さん」

アリスのとがめるような物言い。だが俺は朱羽の言うこともっともだと思ってる。

「確かに俺が今からしようとしてることは、クルシュの思いを踏みにじる行為かもしれない……けど！　俺は、ユーリを、アリスを……精霊達みんなを、笑顔にしたいんだ」

アリスの顔を見ればわかる。目の中に入ってる精霊達も、みんなクルシュが居なくなって悲しい顔、不安な顔をしてる。それが俺にはどうにも我慢できない。

「クルシュも、今の状況は望んでやってるんじゃないと思う。あいつだって、妹たちと会えてうれしかったはず。だから今、辛い気持ちのはず」

「それは……あんたの勝手な想像とちゃうか？」

「かもしれない。でも……！　現にアリスもみんなも悲しんでる！　妹たちを悲しませて、平然としてるやつじゃない！　クルシュは、そんなやつじゃない！」

だから直接行って確かめたいんだ。何があったんだって。

「…………」

朱羽が俺をじっと見つめてくる。それは初めて見せる【守り手】の顔だった。アリスの母としてではない、世界樹を守る戦士としての顔。

やがて……ふっ、と笑う。

「うちの娘は、ほんまええ男捕まえたわ」

「……か、母さんっ！」

「冗談冗談。けど……覚悟は伝わったわ。うん、案内するで」

朱羽は本棚の一つに触れ、特定の本を一冊抜く。

すると本棚が変形してやがて一つの扉となった。

扉には鍵穴……というか、中央に手を触れるような意匠があった。

朱羽が国王陛下を見て尋ねる。

「ジョージちゃん、ええか？」

「ああ。彼は、我が国にとってかけがえのない存在、英雄だ。信頼に足る人間だ。よろこんで、我らが連綿と受け継いできた、秘宝を、貸与しようじゃないか」国王陛下が微笑んで、俺の肩を叩く。ただのゴミ拾いだった俺が、こうして英雄として認められたのはうれしい。

国王陛下は扉に触れて、つぶやく。

「【我、ジョージ＝フォン＝ゲータ＝ニィガが命じる。秘中の秘を納めし蔵の扉よ、扉を開けて中に我らを入れよ】」

それは力のある言葉のように感じた。ごごごご……！　という重々しい音とともに扉が開かれる。

そこには……ここに来るときに見た転位門と、同じものがあった。

「ついてき、アインちゃん。案内するで、禁書庫のもう一つの顔……【遺物保管庫】にな」

☆

俺は朱羽と一緒に転位門をくぐった。その先には下へ下へと続く階段がある。

「つくまで少しあるさかい、ちょっとここを説明しとくか」

朱羽がひょいひょいと階段を降りながら説明してくれる。

「ここ禁書庫は、王国が所有する重要な書物を保管するのと同時に、王国が所有する秘宝……遺物も保管してんのや」

「遺物……？」

「せや。まああんま聞いたことないやろうが、この世界のルールから外れた、どえらいアイテムのこっちゃ」

そんなものがあったのか……。

「魔道具ってやつとは違うのか？」

よく見かける、触れると魔法のような効果を現すアイテムのことを、魔道具っていう。

「ちゃう。魔力で動く魔道具と異なり、遺物は動力源がさっぱり不明や。どうやって動いてるのか、なんでこんなすごいことができるのか。うちらでもさっぱりなアイテム。それが遺物や」

朱羽たち賢者の知識をもってしても解明できない、ものすごいアイテムなんてものが存在してるのか……。

「一説によると、別の世界の技術、アイテムって言われとる」

「別の……世界？」

それもまた初耳だった。ウルスラから通信が入る。なお、この空間は特殊なものであり、通信がはいるようである。

『以前よりわしら賢者の中でささやかれとる説じゃ。この世界には遺物をはじめとした、どう考えてもこの世界のルールに当てはまらないものがいくつも存在してる』

「そんなもん……どうやってこの世界に来たんだ？」

『それはわからぬ。わしらのあずかり知らぬ、なにか超常的な存在の干渉なのじゃろう』

「……女神様、とか？」

ウルスラが黙ってしまう。黒姫がその後に続く。

『わからないわ。わたしたちが仕えてる女神様は、わたしたちにすらあまり多くを語らないのよ』

俺たちに職業(ジョブ)やスキルを与えてくれる女神様たち。その正体については、四神の娘たる黒姫たちも知らないのか。

……てゆーか、職業も遺物のひとつじゃないだろうか。あれも仕組みがよくわかってないし……。

「っとおしゃべりはこんくらいにしとき。ついたで、遺物保管庫や」

階段を下った先は大きなホールのようになっていた。

……どうしても、嫌な予感を覚えてしまう。

剣を取り出して構える。

「お、アインちゃん勘がええやん」

「まあ、さすがに色々経験してりゃあな」

ホールに到着した瞬間、地面に魔法陣が展開する。

ごごご……と魔法陣のなかから何かが這い出てくる。

「悪いな、アインちゃん。これここの決まりやねん。遺物っちゅーどえらいアイテムを、悪人に取られるわけにはいかへんのや」

「いや、問題ない」

魔法陣から出てきたのは……ゴーレムだ。ただし、俺が知ってるゴーレムよりも形が洗練されている。

普通なら土や鉱物を雑に固めて、人型にしたものなのだが、そいつは違う。

どうにもやたらとピカピカしてて、シャープな見た目をしていた。

「これも遺物や。スーパーロボットってやつ」

「ろぼっと……？　変な名前だな」

「王家の人間以外が入ると出てくる門番や」

とにもかくにも、このロボットとかいうゴーレムが、ここの遺物保管庫の番人らしい。

この先に行きたいのなら、ロボットを倒すしかない。

「引く気は？」

「ない」

「やと思った。気張れや、アインちゃん」

目の中で精霊達も応援してくれている。みんなの声と、そして彼女たちの笑顔を取り戻すっていう気持ちが、俺を何倍も強くしてくれる。

「こいよ、デカブツ。その先にあるものに用事があるんだ。こんなとこで……躓（つまず）いてられねえんだよ！」

☆

俺がなぜ禁書庫の地下にきているのか？　この地下倉庫には、空を自在に飛ぶ遺物（アーティファクト）が眠っているらしいからだ。

クルシュのいる竜王国スカイ・フォシワは、なんと雲の上にあって、しかも移動し続けているらしい。

俺には青嵐からコピーした【適応】の能力があるため、どんな高所へ行ってもへいちゃらだし、また飛翔（ひしょう）の力があるので空を飛ぶことも可能。

だが高所を飛び続ける必要が出てくるとなると、生身ではきつい。

そうしたら朱羽が、遺物保管庫には【空飛ぶ船】があると聞き出した。

俺が竜王国へ行くためには、なんとしても、その空飛ぶ船が必要となる。

「だから……てめえは邪魔なんだ。倒させてもらうぜ！」

俺の前にはゴーレムがいる。しかし俺の知ってるものとは比べものにならないくらい、精巧な作りをしたゴーレムだ。

色鮮やかな装甲を身にまとい、背中には固そうな金属製の羽？のようなものがある。

「【鑑定】」

困ったときは鑑定スキル。だが……。

【軍事ロボット兵器ＷＮ０１３：＄“ＴＫ＜＜”＄、Ｔ５＠３ｐｈｙ３】

『アインよ、鑑定ができぬ。遺物はこの世のものではないからかの、情報を引き出せぬようじゃ』

名前がロボットってことだけはわかった。鑑定が使えないとなると……くそ。厄介だ。

ロボットは背中に手を回すと、そこから筒のようなものを手に取る。

ぶぶん……！　という音とともに、筒から光の剣が出現した。

「なんだありゃ！」

『わからぬ！　が、形状からして剣のようじゃ。気を付けよ！』

ロボットは光の剣を抜いて俺に接近してくる。

「はや……！　【超鑑定】！」

視界に映るロボットの動きがゆっくりになる。うそだろ……神眼を通して行う超鑑定は、敵の動きをスローにする。

俺と敵とで実力差が開いていると、敵は静止する。だが相手の動きは多少ゆっくりになっているものの、速い！

あのでかさで、この速さ、規格外すぎるだろ！

ロボットが光の剣を振ってくる。俺はそれを攻撃反射(パリィ)しようとして、やめた……。

飛翔を使って敵の攻撃をかわし、背後から斬りつける。

ごぃん……！　という鈍い音とともに手に衝撃が走る。

「くっ……！　か、ってえ……！」

白猫から教わった【物を斬る極意】を使わない通常の斬撃。

だが、身体(からだ)を闘気(オーラ)で強化しての一撃であったはずだ。

魔族の身体すらたやすく斬り裂く斬撃を、ロボットはまるでものともしていなかった。

『ロボットの身にまとっている外装、かなりの硬度じゃ。アインの斬撃を受けてへこみすら見られん。未知の物質で作られてるのじゃろう』

ウルスラの声に緊張が入り交じっている。いにしえの賢者様すらも見たことのない敵。未知の武装。攻撃が通じないという事実。

「…………」

だが、俺は諦める気にはまったくならなかった。クルシュ。ユーリの姉ちゃん。ユーリはクルシュのことが本当に好きで、家族みんなと幸せそうにしているユーリを見るのが、俺は好きだ。

そんな大好きな人の、大切な家族が、困ってるかもしれない。そんな状況にユーリは心を痛めている。……そんな状況を、俺はほっとけない。

『ふっ、やる気は失っておらぬようじゃな』

「ったりめえだ！」

『それでこそ、わしの見込んだ守り手じゃ。勝つぞ』

「ああ！」

俺は剣を抜いて、再びロボットに斬りかかる。

『アインよ。敵は鎧を着ておる状態で動けている。それはつまり、関節部分が存在するということじゃ』

『……ウルスラの言う通り。本当に全身を硬い素材で覆っていたら、動くことはできないわ。敵が人型を取っている以上、関節部分は柔らかく作られてるはずよ』

ウルスラ、アリスの知恵を借りて、俺は攻撃箇所を決める。敵のロボットはたしかに速い。だが、避けられないほどじゃない。

俺は敵の攻撃を見極めてギリギリで回避。狙うは足……！

ロボットの股下をくぐりぬけ、

「でやぁ……！」

闘気で強化した斬撃を両膝にくらわせる。さっきと違って手応えがあった。

『お兄さん、いけるよ！　効いてる！』

関節部を攻撃されて、ロボットが体勢をくずしかける。

『！　まだじゃ！　油断するな！』

ロボットの翼が振動して、バラバラに散る。

空中には金属の羽根のようなものが、十二個、展開する。

なんだ、何が起きようとしてる……？

『アイン君！　ロボットの体から、羽根にエネルギーが充填されていくわ！』

千里眼を持ち、視野の広いアリスがそう言う。あの羽根がどんな役割をするのかわからないが、俺は次の攻撃に備えておく。

十二ある羽根の先端が、俺の方を向く。そして……。

ビチュン……！　と光の線がこちらに飛んできた。

「【多重結界】！」

黒姫からコピーした結界を多数展開する。あれがただの光じゃないのは経験でわかっていた。

案の定、俺の張った結界を、羽根から出た光が破壊していく。しかも、紙を引き裂くがごとく、たやすくだ。

ビチュン……！　と光の線が俺の体を貫く……！　鋭い痛みが俺の体に走る。

『アインさん！！！』

「だ、大丈夫だ……ユーリ。【不動要塞】を発動していたから……」

『でも……！　体に穴が……！』

……そう。動けなくなる代わりに、絶対の防御力を体に付与する不動要塞の能力をもってしても、あの羽根の放った光の線は、防げなかった。

ユーリがすぐさま治癒術で回復してくれる。ありがたい……が。

「なんだ、あいつ……」

『どうやら遺物は、我らとはまったく異なる理でできているようじゃ』

『にゃー……それって、魔神と同じってことかにゃ？』

『いや、魔神ともまた違う……。やつら神とは、また別の存在。ゆえに、我らの力がやつには通じぬのじゃ』

カノン、ウルスラの言葉に、俺は納得する。前に戦ったことのある、雷の魔神トール。やつもたしかに異次元の強さを持ってた。けど、斬撃は通ったし、俺の能力も通じた。

このロボットとかいう遺物は、そもそも俺らとは違う次元にいるように感じる。

『！　おにーちゃんみて！　あいつ、あしが……！』

メイの言う通り、ロボットの足が自動で修復されていた。くそ！　あいつは強いうえに、俺らと同じく回復手段までも持ってるのか。

『も、もうだめだよお兄さん……あいつ無敵すぎるよ。勝てっこない……』

『ピナ！　何を弱気になっている！　いかに強い敵だろうと、必ず弱点はある！』

……マオの言う通りだ。どんな敵だって弱点はある。前に戦った、古竜べヒーモスもそうだった。魔法を無力化する外皮を持っていて、一見無敵に見えていても、外皮に覆われていない内部から爆発させることで勝てた。

「そうだよ……無敵の存在なんて、この世にはいねえ」

『アインの言う通りじゃ。無敵なんてない。ただ、弱さを表に出していないだけだ』

……ウルスラもそうだったな。彼女も強い人に見えても、弱さを内包していた。そうだよ、弱点くらい、あのロボットにもあるはずだ。

『それにしても、あれだけ動けてこの強さ、いったいどこから動力を得てるのかしらね』

黒姫が疑問を呈する。たしかに言われてみると不自然だ。あれが仮にゴーレムだとして、それを操っている人がいない以上、動力源はあいつの中にあると言える。

『魔力の反応はないのじゃ』

『じゃあ、魔力以外で動いてるってこと、ウルスラちゃん？』

『ああ……じゃが、わしらにはわからん』

だが動力源があるなら、それを絶てばエネルギーを失って、活動停止するだろうことはわかった。

がちょん、とロボットが起(た)つ。足が完全に復活していた。周りを飛んでいた羽根が、背中に戻っていく。

『はね、なんでもどるのー？』

『……たしかに、アイン君を追い詰めるのであれば、白兵戦をしかけつつ、あの羽根による多角的な光線攻撃をしてくればいいのに』

……考えられるのは、ひとつ。そこまでするエネルギーがないんだ。

だが……。

だん！　と地面を蹴ってロボットが突っ込んでくる。今度は両手に光の剣を持って、俺に斬りかかってきた。

守り手随一の剣術使い、白猫と比べて敵の剣は未熟。だが俺の攻撃を次第に避けだした。

多分だけど、俺の動きを学習しているのだろう。しかもあっちは俺と違って、人間では考えられない動きをしてくる。

俺が死角に回り込んで攻撃しようとしたら、起った状態で、体を時計のように回転してみせて、回避してきた。足になんか風を噴き出す筒みたいなのがあって、それで推進力を得ているようだ。

飛び上がったロボットは光の剣を収納すると、背中の羽根を展開。そしてまた、俺めがけて光線を放ってくる。

「ここだ！」

羽根を展開してるときは、やつは光の剣を使ってこない。たぶんエネルギーが足りない。だから、ここで俺は敵に向かって接近する。

「うぉおおおお！」

光線が俺の体を貫いていく。だが俺は痛みに耐えながらやつの急所を狙う……。

「首だぁああああああああああああ！」

人間と同じ構造をしているのなら、関節部位であり、なおかつ重要な箇所ってものが存在する。

それが、命令を出している脳、そして脳から体に命令を伝達している首。

俺は闘気で斬撃強化して、首を斬り払う！

『やった！　お兄さんが勝った……！』

『！　まだでござるアイン殿！』

羽根が一つにまとまって、デカい光線を放ってきた！　俺はギリギリでそれを飛翔して避けようとする。だが……。

ジュッ……！

「ぐあぁ……！」

光の線が左手を焼く！　痛みに、思わず右手で持ってた剣を落としてしまった。

『アインさん！　すぐに治療を！』

ユーリが世界樹の雫（しずく）を大量に出して、俺の体にまるごと浴びせる。

バシャッ……！　量が多すぎて水滴がだいぶ飛び散る。

飛散した雫がロボットにかかろうとして……。

ぎゅんっ……！　とロボットが俺からなぜか、距離を取った。

「……？　なんで、逃げた……？」

頭部を失ってもなお動いてる、人型のロボット。やつは頭が弱点ではなかった。

でも、やつはなぜか俺にとどめを刺さなかった。治療中で、しかも敵の近くにいた俺に対して、なぜか間合いをとって逃げるようにしたのだ。

「…………」

無敵。弱点。動力……。そして、ユーリの治癒術を避けた。いや、あれは治癒術っていうより……。

「…………」

切断された首のとこから、ばち、ばちと雷が発生してる。俺は……白猫を思い出していた。まさか……。

『も、もうだめだお兄さん……撤退しよう。あいつ強すぎて勝てないよ』

「いや……ピナ。それは、最終手段だ」

『え……？』

『アインよ。まさか……』

ウルスラの言葉に、俺はにやりと笑ってみせた。

「ああ、見つけたぜ弱点」

☆

無敵に思えた敵の弱点を見いだした俺は、仲間に作戦を伝える。

「って感じだけど、黒姫、ピナ、いけるか？」

『ええ、もちろんよ』『ママと共同作戦だね☆　頑張るよ☆』

黒姫達にはオーダーを出した。俺たちは……時間稼ぎだ。

「………ふぅ」

俺は剣を構え、呼吸を整える。体の中の、全魔力、そして全闘気を体の中で等量に混ぜて、取り込む。

「鬼神化……発動！」

白猫のもとで修行し、身につけた技……鬼神化。一分間限定で、人間をひとならざるもの、荒ぶる武の神……鬼神と化す。

ずずずぅ……と俺の体全体を、赤黒い痣が覆っていく。黒かった俺の髪の毛が白く、そして両目が赤く染まる。

「ぐ……が……がぁ……」

体に膨大なエネルギーが満ちていく。だが……俺は、それをコントロールできない。所詮は矮小な人間が、人の体で、神の力を振るうことはできない。でも……それでいい。

「あばれて……やる……ぜえ！」

俺の体が引き絞った矢のごとく、飛び出す。音を置き去りにするスピードでロボットに突っ込んでいく。

ざんっ！　とロボットの腰を切り払う。

『いけるでござる！　対魔神用の奥義、鬼神化。それがロボットに通用してるでござる！』

『で、でも……白猫さん。あれって一分しかもたないんですよね？』

『うむ……しかも一分後には反動でしばらく無防備になる。能力も闘気も使えぬ状態で』

そう……鬼神化は一分しか使えず、かつ暴走してしまううえに、それで倒しきれないと完全なノーガード状態になる。だから、おいそれと使えない。

俺の立てた推測が外れたら、終わりだ。でも、やつの気を引くためには、俺が退路を断って捨て身で挑んでいると、思わせなければいけない。

「い……ぐ……ぞぉおおお……！！！」

体が言うことを聞かない。暴れ回り続ける馬のたづなを、無理矢理引いて、言うことを聞かせてるような感覚だ。

俺は縦横無尽に跳び回りながらロボットに攻撃を加えていく。やつは光の剣を抜いて俺の攻撃を捌くのに精一杯のようだ。そうだ、それでいい。羽根を展開させる暇を与えない連続攻撃。それこそが、作戦成功につながる。

『……アイン君。もうすぐ鬼神化がとけるわ。あと五秒』

「黒……姫……どうだぁ⁉」

『OKよ』『大丈夫！！！　いけるぜお兄さん☆』

よし……！

俺は壁に張り付き、最後の一撃の構えをとる。無理矢理体を動かし、剣の師である白猫から教わった技を放つ。

「虎神一刀流(こしんいっとうりゅう)……奥義！　【猛虎廻天斬(もうこかいてんざん)】！！！」

俺は壁を蹴って、独楽(こま)のごとく回転しながらロボットに突っ込んでいく。

超速での連続回転斬り。やつは光の剣を二本取り出して、ガードに徹する。

「うぉおおおおおおおおおおおおおおおおお！」

ががががが！　と俺の剣とやつの剣がぶつかり合って火花を散らす。鬼神化によるパワーを、刃(やいば)に載せて、やつの巨体をたたっ斬ろうとする……。

回転はやがて……止まる。一分がすぎて、俺の体から、完全に力が抜けたのだ。

どさ……とロボットの足下に倒れ伏す俺。

『アインさん！』『おにーちゃん！　あぶない、にげてぇ！』

……ユーリ達が心配してくる。だが……大丈夫だ。

「俺たちの、勝ち、だ。黒姫ぇ……！」

『準備完了よ、あーくん！　墜(お)ちよ、水流！』

その瞬間……頭上からすさまじい量の水が、落ちてくる。

ウルスラが転移してきて、俺を抱きかかえて、浮遊魔法でその場から離脱。

それと入れ替わるように、戦闘フィールドだった空間に大量の水が満ちる。

……この量の水、いったいどこから来たかだって？

玄武の娘、黒姫が小さな亀の姿となって浮いていた。

かつて見た、黒姫の真の姿だ。あんな小さな体なのに、しかし、彼女は神の化身。

彼女は大気中の水分を集めて、この膨大な量の水を用意していたのだ。また、この準備がバレないよう、ピナが幻術を張って姿を隠していた。俺はロボットがこの作戦に気づかないよう、時間を稼いでいただけ。

『おお、あっという間にロボットが水に沈んだのだ。ママンほどじゃないが、黒姫ママンもなかなかの水の使い手であるな』

四神はそれぞれの属性を秘めてるらしい。朱羽は火、青嵐は水、白猫は風、そして黒姫は……土。

『うにゃん？　なんで黒姫ママは土属性なのに水が使えるにゃん？』

『大地は水を受け止める器。ゆえに、わたしもまた少しだけど水を使えるのよ』

本当なら青嵐に任せたかったけど、彼女はこの場にはいない。転移を使える賢者はウルスラと黒姫だけだからな。だから、黒姫に転移してもらい、水の攻撃の準備をしてもらってたのだ。

「さて……俺の推測が正しければ……ロボット。てめえは雷で、動いている……そうだろ？」

白猫は闘気を雷にかえて、ものすごいパワーを発揮してた。どうやら雷にはそういう、物を動かす力があるらしいことを、修行中に知った。

俺がロボットの首を切断したとき、断面はばちばち……と雷をまとっていた。多分動力はこの雷なんだ。

そして、ユーリの治癒術をあいつは過剰に嫌っていた。それは、あの雫……水が、雷にはダメージを与えるってことだろう。

『……漏電現象が起きてる。アイン君……やつはもう、活動を停止したわ』

アリスがよくわからない単語を言う。まあでも、動かなくなったってことだろう。

「メイ、頼む」

『がってんしょーちのすけ！』

メイが目から出てきて、ウルスラの頭の上に乗っかる。

「どっこいっしょぉー！」

メイが両手を挙げる。その瞬間、ホールの床からデカい樹が生えた。

「ちゅーちゅーたーいむ！　ちゅーちゅー！」

ホールを埋め尽くしていた水が、徐々に減っていく。その水位を下げているのはメイの作り出した大樹だ。

俺を抱きかかえて、頭にメイを乗せてるウルスラが、感心したようにうなずく。

「なるほど、メイの創樹で作り出した植物に水を吸わせているのだな」

「ああ、樹って水を吸収するだろ？」

「なるほど……さすがはアインじゃ」

「むー！　がんばってるのめーなんですけどぉ？」

不満そうにメイが頬を膨らませながら、存在を主張するようにゆらゆら揺れる。

「落ちるから動かないでおくれ……」

ややあって。

鬼神化の反動がとけ、動けるようになる俺。

ウルスラが床に降りる。

ロボットは完全に機能を停止していた。

「し、信じられへんわ……」

一部始終を黙ってみていた、朱羽。多分これが試練だったんだろう。だから彼女は手を貸さなかったんだ。

「番人を倒してもーた。ここができて、何度か盗みに入ってきたやつらを、全部返り討ちにしてきたロボットちゃんを倒すなんて。前代未聞やで、アインちゃん」

呆然(ぼうぜん)とする朱羽に俺は笑いかける。

「ありがとう。でも……これはみんなで掴(つか)んだ勝利だ！」

……しかし、課題点が浮き彫りになったな、奇(く)しくも。鬼神化を身につけて、さらに強くなったと思ったけど、でもこの力、リスクが大きすぎる上、制御できない。

はっきり言って実戦向きじゃない。魔神と戦ううえでは、これじゃ不十分すぎる。

どうにかしたいもんだ……が、今はおいておこう。

「よし、進もう」

当初の目的通り、俺は遺物保管庫においてあるという、【空飛ぶ船】のもとへと向かうのだった。

☆

アインたちが遺物の元へ向かっている、一方。

地上から遥か離れた場所……竜王国スカイ・フォシワ。

国の最も高い場所に、光り輝く世界樹が立っている。

その頂上には赤い光で作られた鳥かごがあった。クルシュの持つ【虚無の邪眼】、その力の制限を切って作られた……いわば、【虚無の結界】とでもいうべき檻の中。

クルシュは何も身につけることなく、全裸で、胎児のように丸くなっている。

「…………」

来るはずのない、いつ終わりが来るかもわからない苦しみの中、クルシュは目を閉じていた。

その世界樹の頂上に、一匹の巨大な竜が出現した。

体の色はまばゆい黄金。恐ろしい形相の竜は、ゆっくりと口を開く。

『いつまで寝ているのだ、クルシュ』

「……おとっつぁん。起きてるよ」

クルシュがゆっくりと体を起こす。

彼女の前にいる、この大きな竜こそ……彼女の守り手、神竜王エルロン。

『そんなはしたない格好をして、まったく恥ずかしいとは思わぬのか？』

「好きでこの格好してるわけじゃないから。虚無の結界の中は、あらゆるものが消し飛んじゃうんだよ。服もね」

封印の布面すらも、もう効果が無い。

「で、なに?」

『外に出ろ、今すぐ』

「断るよ、おとっつぁん」

『なぜだ?』

「あんたもわかってるっしょ。あれだよ、あれ」

クルシュが頭上を見上げる。結界は鳥かごの形をしている。その頂点には、卵のような物体が存在していた。

「あれは魔神の卵。今にもふ化しようとしてる。私が邪眼で魔神の力を削って休眠状態にし続けないと」

……そう、クルシュがなぜ自分の故郷へ帰ってきたのか。それは、竜王国スカイ・フォシワに、魔神が出現したと、彼女から教えられたからだ。

『魔神なんぞ、我が喰らってやろう』

「馬鹿言うんじゃあないよ、おとっつぁん。それじゃああんたが魔神になっちゃう」

『ならば神竜族総出で、魔神を倒せば良い』

「神は神の力でないと破壊できない。そんなこと、わかってるっしょ?」

ぐう……とエルロンがうなる。

何かを言いたそうにして、でも、うつむいてしまう。

『……すまない、我が、力不足で。真の守り手が、ホリィが生きていれば……』

「おとっつぁん」

クルシュが、乾いた表情で首を振る。それは希望を捨てた女の顔だ。普段のクルシュでは、考えられないくらい、消えそうなくらい、弱っている顔。

「たられぱって、好きじゃないんだよね私。おかーちゃんは、もういないんだ」

……そう、クルシュの真の守り手は、死去している。二代目としてエルロンが、代理を務めている状況なのだ。

内情を知ってるのは今のところ、クルシュと、前守り手の伴侶であるエルロンのみ。

「もういいって。私はずっとここにいる」

『……しかし、地上にはおまえの妹たちがいる。あの子らは、いいのか？』

……いいわけが、ない。会いたい、会いたくてたまらない。

ユーリも、ピナも、ほかの精霊たちも、みんな可愛い妹たち。

みんなとご飯を食べたり、遊んだりした日々が脳裏をよぎる。くしゃ……と一瞬泣きそうになるも、クルシュは首を振った。

「いいよ。世界樹の精霊は、そもそもおいそれと外に出ちゃいけないんだ。ま、単独行動スキル持ちの私が言っても、説得力ないだろうけど……」

『クルシュ……』

彼女は背中を向けてつぶやく。

「もう……帰ってよおとっつぁん。私は……もういいから」

『…………すまん』

大きな気配が消えるのを感じる。誰もいなくなった鳥かごの中で、クルシュは涙を流す。

「……会いたい」

妹たちに、会いたい。でも、会えない。そんな悲しみが彼女の心を占める。流れた涙は鳥かごの底に落ちて、虚無の力で消えてしまう。

頭上の魔神の卵が、そんなクルシュの姿をあざ笑うかのように、どくんどくんと脈打つのだった。

☆

「……ここは?」

目を覚ますと、知らない天井を見上げていた。

ふわふわとした感触が俺の背中にある。

「アインさん！　よかった！　アインさん、目覚ました！」

金髪の美しい少女ユーリが俺を覗き込んでいる。目が合うと、彼女は涙を浮かべて抱き着いてきた。

あまりにも彼女が泣くものだから、俺は戸惑うことしかできなかった。どうしたんだ?

「アインさん、丸一日も動かないでいたから、死んじゃったかと思って……」

「丸一日⁉」

なんだそりゃ、そんなに体にダメージが入ってたか⁉

ロボット戦ではそんなに敵からのダメージは受けてなかったような……。

『アイン殿、拙者でござる』

右目から白猫の声が聞こえてきた。深刻そうな声であった。

『少しお時間いただけないでござろうか。大事な話があるでござる』

「あ、ああ……ユーリ。悪い、ちょっと一人にしてくれないか？」

「え？」

ユーリが不安そうな表情を浮かべる。あ、しまった、急に出て行けなんて失礼だった。俺を心配してくれてただろうに。

「わ、悪い」

「いえ！　みんなに無事を知らせてきますね！」

ユーリはすぐに笑顔になると、部屋を出て行ってくれた。傷つけていないだろうか。

そうだったらやだな。

「で、白猫。俺、丸一日も寝てたみたいなんだけど」

『うむ……結論を言うと、おそらくは鬼神化による反動を受けたのでござる』

「鬼神化の……反動？」

白猫が口を閉ざす。そこに逡巡（しゅんじゅん）を感じられた。言おうか迷ってるようだ。

「白猫、はっきり言ってくれ」

『アイン殿には……その、武芸の才能が、ないのでござる』

「え？」

『あ、えと！　その……悪口ではなくてで、ござるな』

慌てた調子で、白猫が語ったことをまとめると、こんな感じになる。

鬼神化は、武芸の才能を持った人間が、厳しい修練の先に、おのれの体を神に変えて戦う技法である。

裏を返すと、才能のない人間が到達できる次元ではないそうだ。

『今回のロボット戦で確信が得られたでござる。アイン殿は鑑定能力、そして神眼を所有してるから、魔力と闘気、両方を視認できる。しかしそれは本来ずるなのでござるよ』

「ずる……？」

『本来の方法ではない、ということでござる。武芸の才能がない部分を、神眼で補って、鬼神となっている。でもそれは本来の成り方ではござらん。ゆえに武芸者が成る以上に、鬼神化によるダメージが、体にかかるのでござる』

……確かに、以前修行していた際に、白猫が鬼神化して襲い掛かってきたことがあった。そして彼女は鬼神化を解除した後も普通にしていた。でも、俺は一度使うと丸一日寝込むほどのダメージを受けている。

「才能……職業（ジョブ）の差ってことか」

『うむ、その通りでござる』

白猫はこういうとき決して言いよどまない。すっぱりと、そう断じてきた。

つまり、本来鬼神になれるのは、白猫のような剣士系の職業を持つ者ってことだ。俺の職業は鑑定士。逆立ちしたって、この職業を変えることはできない。

だから不完全な鬼神化しかできないのか……。

『アイン殿、き、気に病まないでくださいでござる！』

白猫が慌てて、フォローを入れてくる。

『確かにアイン殿は武芸の才能がないでござるが、裏を返すと、その才能がなくてもここまでやれたってことでござる！　それは、誰にもできないこと、でござるよ！』

……白猫のフォローが、でも、胸に響いてこない。ああ、だめだ。やっぱり俺は、不遇職の鑑定士だから……。

いや！　今は落ち込んでいる暇は、ないぜ。今はクルシュの安否を確認するのが先決だ。

「ありがとう、白猫。元気、出たよ」

だが、声に張りがないのは明白だ。なんて白々しいセリフだろうって、自分で言ってて思った。

でも白猫を、そしてユーリ達をこれ以上悲しませたくない。

今は、切り替えていこう。……それと、鬼神化は、ここぞってときに取っておこう。

一分しか使えないうえ、制御もできず、また使い終わったあと丸一日も寝込むようなやばい技術だから。

「……武芸者の極致、か」

じゃあ、不遇職の俺がたどり着くべき頂は、いったいどこにあるんだろうか。

☆

俺が寝ていたのは王城の一室だった。国王陛下とクラウディアに無事を伝えた後、朱羽と一緒に遺物保管庫へと再度向かう。

ま、またロボットが襲ってきたらどうしよう。そう思ったのだが、襲ってこなかった。

どうやら一度番人を倒すことで、入室の許可が出たらしい。

「ほんまびっくりしたわ、アインちゃん。まさかロボちゃん倒してまうとはなぁ。さすがやわ」

「いや、あれは俺だけの力じゃねえし。みんなのおかげだよ」

どうしても、声に力が入らない。そうだ、鬼神化が完全なものだったら、俺一人で倒せたはずなんだ。

遺物の装甲を斬り裂けなかったから、ずるして勝ったままでだ。……なんかいつもそんな感じな気がするな。ベヒーモスのときといい、弱体化したときのイオアナ戦といい。

「ま、アインちゃんがいなかったら勝てへんかったんは事実や。もうちょい元気だし！」

べしべし、と朱羽がケツをたたいてくる。あんまり悩んでても仕方ない。職業は変えられないんだ。めそめそしてるより、今は目先の問題を解決するのが先決。ユーリ達妹が、姉の無事を気にしてるんだからな。俺のことなんて、後回しだ。

「んで、この先にお目当ての遺物があるで」

朱羽とともに保管庫の中にやってきている。よくわからん、光の板があちこちにあった。

『なんじゃこの未知の道具は』

『わたしも見たことないわねえ』

長生きしてる二人が知らないなんてな。

『黒ちゃんたちは知らへんのも当然や。ここん遺物は、うちはうちのおかんからあずかっててん』

「朱羽の母親って……朱雀のか？」

「せや。一族に伝わる秘中の秘っちゅーやっちゃな。ゆえに、使い手は慎重に選ばなあかん。あの化け物を倒せるくらいの、力と正義感をもったやつじゃなきゃな」

奥の部屋へと到着する。だが何もない。床に円形の魔法陣？のようなものが置いてある。

「どっこいしょ」

朱羽が壁にかかってる棒をがこん、と下げる。

すると床に描いてあった円の内側が左右に開いていくではないか。

「と、扉？」

「せや。出てくるで、うちら朱雀の一族に伝わる秘宝……【エア・バード】や！」

「エア……バード？」

開いた円形の扉から、迫り上がってきたのは、見たことのない物体だった。

「うぉー！　でっかいとりさんだー！」

目から出てきたメイたち精霊が目をむいてる。確かに、でかい鳥。そういう風に見えなくもない。

だが鳥と違い、なんというか生き物感がない。どっちかっていうと、こないだ戦った番人のロボットと同じような、良きものじゃない感じのものだった。

「これ……ヒコーキじゃん？　ねえ？」

「は？　ピナ、なんだよヒコーキって」

急にピナがそんなことを言う。だが精霊たちも、もちろん俺も、そんな単語を聞いたことがない。

「あ、あれ？　なんでアタシ、これ見てヒコーキとか言っちゃってんだろ……」

ピナは自分の発言に疑問を感じてるようだった。なんで言ったのか、どうしてそう思ったのか。自然と、そういう感想が口からこぼれてしまった、といった感じだった。

「朱ちゃん……あれって」「せやんな、おかんが言うてた、記憶の残滓(ざんし)やもしれへん」

四神の娘たちがこそこそと何かを言っていた。まあ、今は関係ない。

「このエア・バードが空飛ぶ船なんだな。じゃあ早速行こうぜ！」

「あー、それがなぁ、アインちゃん」

朱羽が気まずそうに頭をかく。

「これ、動かないんや」

「え、ええー⁉　う、動かないぃ⁉」

朱羽が申し訳なさそうにしながら言う。

「随分動かしてなかったさかい、壊れてもうてたんや」

「アインよ、おぬしが寝ている間にわかったことじゃ。朱羽様を責めるでない」

いや、別に責める気はなかったが……。そう、か。

倉庫の中にずっと入れっぱなしで、エア・バードは壊れてたんだな。

「すまん、アインちゃん……うちは保管してるだけで、直し方はわからへんのや」

「そう……か……」

エア・バードを見上げる。こいつはロボットと同じ遺物。俺らとは異なる理で存在している物体だ。俺じゃ、どうにも……。

「！　そ、そうだ！　カノン！」

「ふにゃ？　どうしたんにゃ？」

「たしか、ドワーフ国の女王様って、世界一の技術者なんだよな？」

「そうだにゃ……って、まさか！」

そうだ。俺にできないんだったら、できる人に頼んでみる。

ドワーフ国カイ・パゴスの女頭領、もとい女王は世界最高の腕を持っている。

「なら、直せるんじゃないか、遺物を」

「にゃ……るほど。確かに、マリクにゃんは世界最高、歴代随一の技術者って言われてるし、にゃーもそう思うにゃ。試す価値は……あるかも！」

ということで、カノンとともに俺は一度カイ・パゴスへ行き、女王マリクをこの場に連れてきた。

どうやら遺物の保管庫には、王から認められた人間が同行するのなら、別の者も入れるらしい。

マリク女王がエア・バードを見て、ほぅ……と感心したようにつぶやく。

「なんて、美しい……！　こんな見事なもん、生まれて初めて見たぜ！」

ぴょんぴょん、とマリク女王が嬉しそうに飛び跳ねる。

その後彼女は俺が止める間もなく中に入って、しばらくして戻ってきた。

「直せそうか？」

「おいおい、アイン。ちげえだろ、セリフが」

「え？」

にかっ、とマリク女王が明るく笑って、俺の背中をたたく。

「急いで直してくれ、でいいんだよ！」

「！　じゃ、じゃあ……！」

「ああ、おれに任せな。ちょろっと触ってみた感じだと、ま、数日ありゃ動かせるようになるよ」

どん！　とマリク女王が自分の胸を自信たっぷりにたたく。

「すまん、世話かけるな」

「気にすんな。アイン、あんたはおれらドワーフを救ってくれたんだぜ？」

微笑みながら、彼女が言う。

「あんたにゃデカい借りがある。一生かかっても返しきれないほどのな。だから、恩をほんの少し返す機会をくれたこと、むしろ、女神様に感謝しなきゃあな！」

ばしん！　とマリクが俺の背中を何度もたたいてくる。

そうして工具をもって、エア・バードの中へと入っていった。

残された俺に、カノンが近づいてきて言う。

「にゃー、マリクにゃんはほんとは気難しい方にゃんよ？」

「え、まじ？　あんな気のいいおばちゃんみたいなのに？」

「うにゃ、身内には優しいけど、外の人間はもう完全にシャットアウト、みたいな方にゃん。そうとう、アインちゃんのこと気に入ってるにゃん」

そう、なのか。どうして……。

「それは、アインさんが国を救ったからですよ」

「ユーリ……」

彼女が微笑んで、俺の手をふんわりと握ってくれる。

温かい、手だ。ずっと握っていてほしいって、そう思う。

「アインさんの手は、本当にすごいです。みんなを幸せにしちゃうんですから」

「ユーリ……」

「何に悩んでるのか、わたしにはわかりません。でも、アインさんはすごい人なんです。こうして、ドワーフさんたちと協力することができたのは、あなたがその手を伸ばして、橋を作ったからです」

「そうだにゃ！　あの気難しいドワーフの女頭領が、人間に力を貸してるのは、アインちゃんがいるからだにゃー！　元気出すにゃ！」

……ああくそ、俺ってやつは。悩みが表に出ていたのか。

ユーリ達に余計な心配させちまってよ。まったく……。

「アインさん、だから、元気出してください♡」

ユーリの笑顔がいつだって、俺に力をくれる。温かい気持ちになれる。

彼女は、光だ。俺の進むべき道を明るく照らして、未来に導いてくれる。

だから……俺は彼女のことが……いや、この気持ちは、まだ。

表に出しちゃいけない。俺は守り手、ユーリの守護者なんだから。

「おう！　サンキュー！」

☆

天才技術者マリク女王のおかげで、エア・バードの修理はたった二日で済んでしまった。

やっぱ、すげえ人なんだなぁ。

「操縦方法も判明したぜ。つっても、そこまで難しくねえ」

俺たちはマリク女王と一緒にエア・バードの中に入ろうとすると、鳥のおなかから光が出て、それを浴びると、一瞬で中に入った。

「うぉお！　か、かっこいいー！」

「えー？　そう？　なんかごちゃごちゃしててくらーい」

マオ大興奮。一方ピナはちょっと不満そうだ。確かに、全体的に中が暗い。なんか筒？　のようなものが通路の中を這っていた。

「くく……このデザインがかっこいいのではないか。ピナはやはりお子様」

「美的センスが死んでるあんたには言われたくない」

「死んでないし生きてるし！」

ぎゃあぎゃあけんかする妹たち。一方でカノンが別の部屋からにゅっと顔を出す。

「ここお風呂あるにゃ！　ベッドもあるにゃー！」

まじか、空飛ぶ船なのに、そんな高性能なんて。さすが遺物といったところ。

俺たちが通路を進んでいくと、やがて鳥の頭の部分へと到着する。

「ふぉー！　いかすぅ～！！！」

マオが大歓喜していた。船の操縦室とは違って、なんか椅子が置いてあったり、意味不明の板とかスイッチとかがあった。

その中央に、巨大な水晶が置いてある。

「エア・バードは思念の力で動いてるようだぜ」

「思念？」

「ここへ行きたいって思いに呼応する。やってみな、アイン」

俺はうなずいて、水晶に手を置く。すると視界が切り替わる。うぉお！　な、なんだぁ⁉

なんか、俺自身が大きな鳥になったような視点になった。

手を離すとまた普通の視点になる。

「どうやら脳の中に、このエア・バードの目を通して見たものを直接映すらしい。あとはどこへ行きたいって念じれば動く。ま、簡単なからくりだな」

ともあれ、船が動くし、動かしかたもわかった。

「ほんと、あんがとなマリク」

「かまいやしない。いいもん触らせてもらって、こっちもラッキーだったよ」

俺はマリク女王と握手する。

「また何かあったらおれに言ってくれよな。なんだって直すし、作ってやるからよ！」

さて、さっそく動かしてみよう。俺は再び水晶玉に触れる。

視点が切り替わり、大きな鳥になった気分となった。

飛ぶぞ、と念じる。するとブヴゥン！　という音とともに鳥が振動しだす。

鳥の足元に大きな魔法陣が出現する。すると、一瞬で鳥が消えて……。

「うぉ！　そ、外だ！」

気づけば俺は空に浮いていた。

「転移魔法のようじゃな。あの地下から一瞬で、エア・バードを外に運んだのか」

「とりあえず、カイ・パゴスに行こう。マリクを送っていきたい」

「あれ？　お兄さん！　見て！　下！」

下……？

視線を下げてみると、そこには氷に包まれた国があった！

「カイ・パゴスだ！　え、な、なんで⁉　いつの間に！」

「ふぅむ……なるほどの。この鳥には、一度行ったことのある場所に転移する機能もあるようじゃ」

それってウルスラみたいな疑似的な転移魔法が、この鳥でも使えるってことだ。

つまり、賢者の彼女たち以外も転移魔法が使えるのと、同じことができるわけだ！

「アイン。それとこれにはステルス機能ってやつがあるらしい」

「すてるす？」

「透明にして見えなくする機能だな。空にこんなバカでかい、見たことない鳥がいたら、国中大騒ぎだろ？」

た、確かにそうだ。透明にもなれるなんて、高性能だなエア・バード……。

「アイン！　我！　我がこの鳥を操縦したい！」

ぐい、とマオが俺の腕を引っ張ってくる。

「え～。マオあんた、できるの～？」

「できるし……！　ねえねえアイン、だめかな～？」

「まあ、運転自体そんな難しくないし、いいぞ」

「うわぁい！　くくく……ついに堕天使が空を舞う刻が、来た……！」

マオが水晶に手を置く。だ、堕天使……？　ああ、いつものやつか。マオはたまに言動がおかしくなるが、そういう遊びなんだってことで、みんなスルーしてる。

「刮目せよ！　我が華麗に飛翔する様を！」

マオが目を閉じると、むき出しになってる肌のところに、青い線が走る。

「なんだこれ？」

「お兄さんもさっきこうなってたよ」

操縦してるとこういう状態になるのかな。

「ぴぃいやぁあああああああああああああああああ！」

マオが水晶から手を離し、仰向けになって倒れる。

「ど、どうしたのマオちゃんっ。大丈夫！」

「ゆ、ゆぅ～り～……」

情けない顔でマオがユーリの胸に飛び込んで、ガタガタブルブルと体を震わせる。

ピナが「ははん☆」とすぐに気づいていじりだす。

「マオあんた～。空が思ったより高くって怖かったんでしょ～？」

「うー！　うー！　ちちち、ちがわい！」

「はーあ、あんだけ息巻いてたくせに☆　高いとこ怖いとか、おこちゃまー☆」

「こわくねえし！」

「じゃあもう一回やってみ？　ん？　堕天使ならできるんじゃないの？　ん？」

「ぐ、ぎ、ぎぃ……」

「それくらいにしてやってくれピナ……」

結局運転はアリスが行うことになった。彼女なら、千里眼と掛け合わせることで、このエア・バードを最大限活用できると思ったからだ。

マリクと別れて、俺たちはいざ、竜王国スカイ・フォシワへと向かうのだった。

☆

ある日の夜。精霊ピナはひとり、眠れぬ夜を過ごしていた。

「…………」

エア・バードにはいくつも部屋があって、ピナはその一つを借りている。ベッドに横になっても、眠れない。それはクルシュがいないことに対する不安……では、ない。

「はぁ……だめだ。イライラする。……コーヒーでも飲むか」

ピナはベッドから降りて、食事スペースへと向かう。無機質な廊下を歩いてると……。

「うげ」

「マオじゃん。何してるのそんなとこで？」

妹のマオが廊下の壁に寄りかかってボケッとしていたのだ。

時刻は夜で、みんな寝てるであろう時間帯。

「と、トイレだ。メイの付き添い」

「…………」

トイレルームは個室が一つだけ。入室中のランプがついてる。

ランプと、そしてマオとを何度も見比べる。

「な、なんだよ」

「いや……あんた、他人の面倒を見るタイプだっけ？」

ピナのなかでの妹マオは、自分の世界観（厨二病）を持ってる、一風変わった子だった。周りの目なんてまったく気にしないタイプで逆に周りのことも気にしない、とても妹の世話を焼くとは思ってていなかったのだ。

「クルシュがいなくてメイがさみしがっていた。お姉ちゃんである我が代わりになるのは当然だろう？　家族なんだから」

「…………」

まさかマオからそんなまともなセリフが出るとは思わなかったピナが目を丸くする。

マオが不服そうに唇を尖(とが)らせながら姉に問うてくる。

「なぜそんな意外そうな顔をするのだ？」

「あ、いや。あんたからそんなまともなセリフが出るとは思ってなかったから」

「お、思っててもそんなこと口にするなし！」

「あ、ごめん。アタシすぐ口に出るから」

するとマオが姉を見て、ふるふると首を振る。

「それは嘘だ。ならば、どうしてピナはずっとそんな、クルシュに対してイライラを隠してるのだ？」

……今度こそ、驚いた。まさかマオに不機嫌を見抜かれているとは。

周りにはアインも、そして家族思いで優しいユーリもいない。

妹の、マオだけだから、ピナは本当のことを打ち明ける。

「……そりゃ、イライラするよ。当たり前じゃん！　アタシ怒ってるんだよ！　クルシュお姉ちゃんに！」

「……なぜ怒る？」

「だって、だって！　なんで、いなくなる前に、アタシらに相談しないんだよ！」

ピナはクルシュがいなくなってから今日まで、ほかのみんなが不安にかられてるなか、ずっとイライラしていたのだ。

「いや、ユーリの時みたいに悪人に連れ去られたのかもしれないじゃないか？」

「それはないよ。だってお姉ちゃんは【虚無の邪眼】持ちだよ？　めちゃくちゃ強いんだよ」

「そりゃあ……まああたしかにそうだけど」

「それに、消える前にお兄さんにだけ、バイバイって言ったんだ。事情はわからないけど、悪人に連れ去られる人が、事前にバイバイって言う？　言わないでしょ！」

つまり個人的な理由でクルシュは消えたのだ。

何か問題を抱えていて、それを一人で解決するために、みんなの前からいなくなった。

「なんでだよ！　なんで、アタシじゃないの⁉　なんでお兄さんなんだよ！　アタシは、仲いいって、誰よりも気が合うって、思ってたのに！　どうして！　一人で消えて！　もう！」

ピナがいら立っている理由は、クルシュが自分を頼ってくれなかったから。

クルシュとは姉妹の中で一番波長が合った。誰よりも彼女と仲良しだと思っていた。そんな自負があった。だから、何か悩みがあるときは、自分だけには打ち明けてくれるって、思っていたのだ。でも、それが裏切られたから、怒っているのだ。

「……お姉ちゃん、アタシのこと、なんとも思ってないんだ」

声が震える。ぽたぽた涙が滴り落ちる。そう、クルシュのことを嫌いになったのでは決してない。ピナはクルシュが大好きだ。好きだからこそ、そんなふうに、なんとも思われていないみたいな対応が嫌だったのだ。

「ピナ。おまえは間違ってる」

「……はぁ？」

マオが、急にまじめ腐った調子で言う。

「クルシュはなんとも思ってない、なんて決してない」

「は？　なにそれ。むかつくんですけど」

腹が立つ。なんだこいつは。ピナがクルシュを理解できていないのに、なにマオがわかった顔してるんだ。

「クルシュと我らは家族だ。家族だから、何も言わないのだ」

「意味わからないんですけど！」

「じゃあ聞くけど、ピナ。なぜイライラしていたこと、ユーリ達に言わなかったのだ？」

「そ、それは……」

「家族に迷惑をかけたくなかったからではないか？　調和を乱したくなかったからでは？」

……そうだ。自分が身勝手な振る舞いをして、クルシュをみんなで捜そうとしている和を乱したくなかったのだ。自分のせいで、アインやユーリ達が、家族の捜索する時間を減らしたくなかったからだ。

「ピナ。我は、前にアインから学んだよ。家族でも、知らないことはあるんだって。いや、家族だからこそ、伝わらないこともあって当然なんだって」

マオの母青嵐は、マオを思いすぎるがゆえに暴走し、結果国を巻き込んでのトラブルに発展した。そんな過去がある。

「我もママンも、お互いを愛してたし、お互いが好きだった、それは我らにとっては当たり前で、口に出すまでもないことだった。……まあその結果、すれ違いが生じたわけだけども」

「……結局、何が言いたいの？」

マオが言葉を選び、そして言う。

「家族は、強いきずなで結ばれてる。何が起きても、決してほどけない強いきずな。でもそれゆえに、言葉にして気持ちを伝えるってこと、忘れちゃう。言わなくても伝わってくれるって、誤解しちゃう」

マオの言うとおりだ。言わなくてもクルシュは、ピナのことを分かってくれているって思っていた。それが伝わってないように思えて、それが嫌だった。

「でも、勘違いしちゃいけないんだよ。お互い、愛してるってことは事実なんだ。我らに、家族のきずなは確かにあるんだよ。見えないだけで、口にしないだけで、ちゃんと」

マオの言葉には重みがあった。

マオは、その過去の失敗から学んだのだろう。家族の在り方を。

その失敗から学んだ大事なことを、姉に共有している。それは、なぜか？　決まっている。たった今マオが言ったではないか。家族のきずながあるから。

「…………」

自分よりも年下で、ちょっと見下していた部分のあった妹から、まさか諭されるとは思ってもいなかった。

年下の妹が、なんだか急に大人びて見えて、そして、いつまでも子供じみたイライラを抱いて居る自分が、恥ずかしかった。

ちょうど、そのときだった。

「ぐぅ～……」

トイレの中からいびきが聞こえてきたのである。

「まさか……」

マオが扉を開けると、メイがトイレに座ったまま眠っていたのだ。

あきれたようにマオが息をつくと、下着とズボンをはかせようとする。

だが一人だと難しいようであった。

「……マオ。アタシも手伝うわよ」

「え？　あ、ああ……」

ピナがメイを抱き起こし、マオがズボンとパンツをはかせる。

「ありが……ぎゅえ」

「あとはあんたがおぶりなさいよ」

「ぐぅ……こ、ここは上の姉がするべきでは？」

「あんただって、メイから見りゃお姉さんだろうが。ほら、いけいけ」

ぐぬぬと言いながらもマオはメイをおぶってトイレを出る。その後ろからついていきながら、ピナは小さくつぶやく。

「ごめん、マオ。アタシ、身勝手だった」

姉の気持ちも理解せず、一人でいら立っていた。勝手に自分のことはわかってくれてるって期待して、勝手に傷ついてるだけだった。

「あんたのおかげで、大事なこと思い出せたよ。家族でも……口で言わなきゃ伝わらないってね」

マオが眼帯をしていないほうの目を丸くしたあと、ふっ、と笑う。なんか少し妹と分かり合えた気がした。

「しかしあんた、意外といろいろ考えるほうだったんだね。もっとパーだと思ってた」

「ぱ、ぱー⁉　なんだぱーって！　我の頭がからっぽだというんか！」

「言ってませーん☆　思ってるだけでーす☆」

「むきー！」

妹をいじりながら、ピナは思う。いつの間にか、妹はこんなに大人になっていたんだな、と。

☆

エア・バードでの捜索を行ってから、五日目。

ついに俺たちは目的の、竜王国スカイ・フォシワを発見した。

「ほぁああ……！　おっきぃ～……」

「めーちゃん……すごいね雲だねぇ」

エア・バードの中、外の様子が操縦室の壁に映し出されている。

夏の日によく見る雲の比じゃないくらい、大きく立派な雲だ。

また少し翡翠(ひすい)に輝いていて、まるで巨大な宝石のようである。

「あの雲の向こうに、竜王国が……？」

右目の賢者の石から青嵐の声が聞こえてくる。

『うむ。神竜族の住まう国は、あの翡翠の雲とともに世界中を移動してる。だが……気をつけるがよいアイン。あやつらは基本的に外敵の侵入を許さぬ。たとえ、クルシュの関係者だろうと、容赦はせぬじゃろう』

「ああ、サンキュー、青嵐」

もとよりすんなりいくとは思っていなかった。俺はもう、とっくに戦う覚悟はできてる。

「アインさん」

ユーリがメイを抱っこしながら近づいてくる。

「くーちゃんに、会えるよね？」

メイの問いかけは、不安から来るものではないようだ。

まっすぐに、俺を見ている。俺が勝つと信じてる。そんな目だ。

俺はメイに目線を合わせて、うなずく。

「ああ、任せとけ」

「うん！　めーは、しんじてますっ！」

ぐっ、とメイが拳を突き出してきた。ちょん、と俺は彼女と拳を合わせる。

それを見てアリスがエア・バードの水晶に手を触れる。

「……行きましょう」

「「「おう！」」」

エア・バードがあの大きな雲へと向かって飛んでいく。

すごいスピードで前進してるはずなのになかなかたどり着けない。

「お兄さんこれ多分、幻術使ってる！」

同じく幻術使いのピナが敵の罠(わな)に気づく。

マオが俺を見てくる。

「アイン、こういうときの」

「ああ……。アリス、操縦代わってくれ」

俺は操縦席に座って手を置く。エア・バードと視界がリンクする。

この状態で俺の能力が使えることは確認済みだ。

「【浄眼(じょうがん)】！！！！」

マオから授かった力、浄眼。敵の能力の無効化、さらに、幻術を解除する力を持つ。

青く目が光り、周囲を照らす……。

「！　アイン君！　前方に敵影多数！」

「ああ、見えてる……」

上空に無数の竜がいた。ただし、今まで俺が見たことないタイプである。

まず大きさ。身長は俺より一回り大きいくらいか。見上げるほどのでかさのあった古竜ベヒーモス等よりかなりサイズが小さい。

近い。

次にフォルム。二本のぶっとい足がある。手は比較的小さめだ。これもどっちかと言えば人間に
最後に……魔力量。正直、小柄な竜と一瞬だけ侮りかけたけど大間違いである。

ウルスラが戦慄の表情でつぶやく。

「あやつら……あんな小さな体で、古竜を凌駕（りょうが）する魔力量を秘めておるのじゃ……」

「ああ、俺にも伝わってくるよ。あいつら一匹だけでも、相当な力があるって」

神竜族たちから向けられる感情。それは、敵意そのものだ。

「……どうする、アイン君？　無理矢理突っ切る？」

一旦操縦をやめて意識を船内に戻す。

俺はみんなを見回す。俺の判断を待っているようだ。

「俺は……」

窓の外の神竜族たちを、見やる。彼らは敵意を向けは来るが、しかし襲ってくる気配はない。

「対話を試みる」

「た、対話って……相手、話通じるの、お兄さん？」

ピナが不安そうに尋ねてくる。だが俺には確信があった。

「ああ。もしあいつらが、理性の無いモンスター同様の存在だったら、侵入者ってことで問答無用で排除してくると思う。でも……」

「しんりゅーぞくさんたち、おそってこないです」

「ああ。多分あいつらは、モンスターじゃなくて、理性がちゃんとある。そして魔族みたいに、人間と敵対してる種族でもない」

どっちかというと獣人やドワーフと言った、亜人たちと同じ印象を俺は受けた。

「まさか……あーくん。一人で行くつもり？」

「！　アイン、それは危なすぎるぞ！　我も……」

マオを見て俺は首を振る。

「こっちも敵対の意思がないことを示さなきゃいけない。俺が単身乗りこんで、話をつける。異論は？」

みんなやっぱり、不安そうだ。でも、ユーリが一歩前に出て、笑顔で俺の手を取ってくれる。

「異論はありません。アインさん、どうか、お願いします」

ユーリの笑顔は俺に力と勇気をくれる。俺はうなずいて、操縦室の出入り口へ向かう。

光の魔法陣が浮かんでいる。この上に立つと、外に転移することができるのだ。

「行ってくる」

「アインさん、ご武運を」

ユーリに向かってうなずき、魔法陣を踏む。その瞬間、俺はエア・バードの背の上に転移してた。

エア・バードの周囲なら好きなとこに降りられることは、マリク女王から聞いてる。

「…………」

風がうるさい。そして、寒い。だがすぐに青嵐からコピーした能力【適応】が発動する。

あらゆる環境下で、活動できるようになるという、最強の能力を身にまとう。

風の音が小さくなり、そしてすさまじい冷気も収まる。

「……？」

『どうした、アインよ』

エア・バード内にいるウルスラからの通信が入る。

「いや……なんか、暑い……？」

『暑い？　それはおかしい。そこは超上空じゃ。地上より遥かに寒いはず』

「ああ……冷気は適応で防いでるんだけど、それだけじゃなく暑いんだ」

気づけば服の下が汗でびっしょりになっていた。

『おそらくは……何か異変が起きておるのじゃろう。クルシュが故郷に帰ったのと、何か関連があるやもしれぬ』

頭のいいウルスラは、この異常事態とクルシュとを結びつけそう結論づけていた。俺もそんな気がする。

「行くか」

俺は飛翔能力を使って大空を舞う。荒れ狂う気流の中で、吹き飛ばされそうになる。だが俺は体を闘気（オーラ）で覆い、飛翔能力を強化。

まっすぐに神竜族たちの元へ向かう。

彼らに近づこうとすると、ぐわば……と神竜族たちが、口を開く。

「止まれ」

どこからか、声が聞こえてくる。神竜族の群れの、最奥に、黄金に輝く竜がいた。

「……人間？」

神竜族達は、二足歩行の竜って感じ。だが黄昏の色に輝くそいつは、完全に人間の姿をしている。……いや、よく見ると目の下や手足、肩の辺りに、竜の鱗が見える。また、竜だからか乳首がなかった。

筋骨隆々で、厳つい顔つき、赤銅色の長い髪を総髪にしてる。歳は、三十から四十くらい。でもそれは人間の年齢でカウントしたらの話だ。

「…………」

びりびり……！　と肌でプレッシャーを感じる。ほかの神竜族とはまったく異なる威圧感。俺は自然と口を開いた。

「あんたが、守り手エルロンか？」

一瞬、その男は目を剥いて、にやりと笑う。

「いかにも。我は空に生きる翼たちの長、大いなる翼、神竜王エルロン！」

やっぱりそうか。こいつがクルシュの守り手。目当ての人物と出会えたことに安堵する一方で、油断はまだ、できない。神竜族たちは口を開き、光を集中させている状態。つまり、攻撃態勢を解いていない。

まずは敵意が無いことと、目的を話さないと。

「俺の名前はアイン！」

ぴくっ、とエルロンが反応を見せる。

「そうか……貴様がアインか」

どうやら俺を知ってるようだ。クルシュから聞いてるのか？

彼女の関係者だと知っても、エルロンは警戒を緩める様子はない。すっ、と俺……というか、俺の背後にあるエア・バードを指さし問いかけてくる。

「後ろの鳥はなんだ？」

「俺たちの仲間を乗せてる船だ。俺はクルシュに会いに来た！」

距離があるので、どうしても声を張らざるを得ない。

エルロンは厳しい表情のまま俺をにらみつける。……試されてる。そんな気がした。

ぎんっ！　と彼が思いきりにらみつけてくる。プレッシャーが跳ね上がった。

周囲の雲がぶわっ……！　と一瞬で消え去った。神竜族たちがびびっている。

……でも、俺は臆することなくまっすぐににらみ返した。

「フッ……。我が愛すべき翼たちよ。手を出すな。我が一人でやる」

『！　しかし長よ！』『危険です！』『こやつからは強者の匂いがします！』

神竜族達が一斉に反対する。

『すご……神竜族もお兄さんが強いって認めてるんだね』

『然り。武人は強くなれば相手の立ち居振る舞いから、ある程度の強さがわかるようになるでござるよ』

ピナが感心し、白猫が解説を入れる。俺も今、あのエルロンがそうとう**やる**やつだってことはわかった。

彼が前に出る。またプレッシャーが跳ね上がった。

彼が問うてくる。

「逃げてもよいぞ？」

向けられる殺気には、本当に相手を殺すとばかりの覚悟がこもっている。

「逃げねえよ」

俺は返す。

やつの殺気で、エルロンの背後に、真なる竜の姿を幻視した。雄々しい姿、そしてすさまじい殺気を目の当たりにしても、俺は逃げない。俺だって覚悟を決めてここに立っているんだ。

彼はにやりと笑って言う。

「おまえを試す。チャンスは一度だ」

「ああ、十分だ」

エルロンは体を大きくのけぞらせる。周りの神竜族たちがしたように、口を大きく開いて、力を集中させる。

俺は精霊の剣を取り出す。鬼神化は使わない。この剣と、この目。一番信頼する力で、方法で、打ち勝ってみせる。

「受けてみよ！　我が竜のブレスを！」

まばゆい太陽のような光を口の前に一点集中させる。

『まずいぞアイン。半端ない熱エネルギーじゃ。それをこちらに一直線に飛ばしてくる』

「ああ、俺はそれを……斬る」

体に闘気をまとわせ、そして居合の構えをとる。居合抜きと斬撃拡張の能力を付与。

エネルギーの充填が、終わる。そしてエルロンが攻撃を放ってきた。

「神竜閃光（ドラグ・ブロア）！」

「【神鑑定（しんかんてい）】！」

白猫のもとで修行して手に入れた、一段階上の鑑定能力。世界から音と光が消える。

全てを見切る神眼の、限界駆動。あらゆる物を制止させるほどの、超眼力をもってしても、エルロンの放ったブレスは止まることなく、俺に襲いかかってくる。

だが、見えている。飛んでくるブレス、その軌道。そして……それをどう斬ればいいか。正しい斬り方も。

ブレスに対してギリギリで、居合抜きを放つ。多分第三者から見れば一瞬……というか、刹那の出来事だったろう。神鑑定が解かれる。光と音が戻ってくる。

「ぜは……！　はぁ……はぁ……！　はぁ……」

俺とエルロンの間には何もない。ブレスによる爆発もないし、周囲にあった雲の群れも消えている。

静寂が、あたりを支配してる。神竜族達が息をのみ、そして呆然とつぶやく。

『あ、あの人間……すごい』『ああ、神竜王様のブレスを斬ったぞ⁉』『エルロン様は真の姿を解放していないとはいえ、あの本気のブレスを正面から斬った』『そんなこと……おれたち神竜族でもできないぞ』

動揺を隠しきれない神竜族たち。エルロンはすぅ……と近づいてきた。

俺は剣を消して彼を見上げる。

「敵を前に武器を下げるか」

殺気はないが試すような物言いは健在だ。でも、嫌な感じはしない。

飾らない言葉を彼に返す。

「あんたは敵じゃない。俺も……あんたと同じ守り手。仲間だから」

それは心から出た言葉だ。彼もまた、俺と同じ使命をおびた同朋だから。

くく……とエルロンが小さく、そして……。

「わっはっは！！！　気に入った……！」

にかっ、とエルロンが大きく笑う。

「我は貴様をいっとう気に入ったぞ！　アイン！」

「ありがとう。エルロン……様？　さん？」

「エルロンでよい。まさか地上人がここまで強くなっているとはなぁ」

ううむ、とエルロンがうなる。

『エルロン。そやつが異常に強いだけじゃ。地上人は貴様と比べものにならぬ』

「む！　その声は……おお！　懐かしの青嵐殿ではないか！」

殿ってつけたな。まあ序列で言えば四神の娘である青嵐のほうが上なのだろう。ウルスラも黒姫たちに敬意を払ってるからな。

『久しいの、エルロン。息災か』

「ああ！　……と、答えたいところだが、少々難儀してててな」

エルロンの表情が一転して曇る。多分何かあったんだろう。この国の長が、頭を抱えるような事態だ。

「それは……クルシュに関わることだな？」

「おお、アインよ。察しが良くて助かる。そして……おまえの強さを見込んで、ひとつ頼みがあるのだ」

エルロンはぐわばっ、と体を折り曲げて俺に頭を下げて言う。

「頼む……我と協力し、この国、そして娘を、危機から救う手伝いをしてほしい」

「それは是非もないさ。でも……危機って？」

エルロンが頭を上げて俺に問うてくる。

「おまえはこの空の異常に気づいているか？」

「なんか妙に暑いってことか……？」

「そうだ。今、竜王国スカイ・フォシワは異常気象に見舞われている」

「異常気象……」

「ああ。そして、原因ははっきりしているのだ」

エルロンが、告げる。クルシュが消えることになった、原因とも言えるそれの名を……。

「我が国は現在、魔神の脅威に晒されている」

「！　魔神だって！」

「ああ……炎の魔神ドゥルジ。それが……我が国と娘を苦しめる、元凶の名だ」

☆

神竜王エルロンとともに俺は翡翠色の入道雲へと突入した。

雲を抜けた先にはどこまでも広がる青い空と、雲の海とも言える景色が広がっていた。……しかし。

「なんだ……この暑さ……」

俺はエルロンとともに空を飛んでいる。ユーリ達を乗せたエア・バードは後ろから付いてきた。

外は、灼熱地獄だった。呼吸をするだけでむせるほど。適応の力がすぐに働いてなんとか活動できるレベルにはなってるが、とてもじゃないが精霊達を外に出すわけにはいかない。

エア・バードはこの暑さでも、船内の温度は一定に保たれているらしい。またこの熱でも動けるそうだ。さすが遺物、俺たちの世界とは異なるルールで動く物質だ。

「エルロン、竜王国スカイ・フォシワだとこれが普通なのか？」

「まさか。本来はもっと過ごしやすい。四季の変化はないが、穏やかかで、我が翼達はみな静かに生活しておったのだ」

どうやら翼ってのは神竜族達のことらしい。

エルロンが引き連れてる神竜族達は明らかにぐったりしていた。

「翼達よ、あとは我がアインを案内する。おまえたちは国の外で待ってるが良い」

神竜族たちは不安げな表情を浮かべる。だが明らかに体調が悪そうなやつらばかりだ。

結局彼らは来た道を引き返していった。

「クルシュの元へ向かいながら説明しよう」

「なら一旦エア・バードの中に入ろうぜ。精霊達にも聞かせてあげたい」

エルロンとともに俺は船内へと戻る。

操縦室には精霊たちとウルスラたち守り手がいた。

「黒姫様、それにウルスラ様。お久しゅうございます」

大きな体のエルロンが、窮屈そうに体を丸めながら頭を下げる。

あれ、序列はウルスラより下なのか？

「久しぶり。元気そう……とは言いにくいわね、エルちゃん」

「はい……妻を亡くしてから、不幸続きでまいっておりまする」

妻？　エルロンは結婚しているのか。

ウルスラがうなずいて答える。

「エルロンは二代目の守り手なのじゃ」

「二代目……？　俺と同じで？」

「うむ。といってもアインと違い、守り手の力は譲渡されておらぬ。本来の守り手が落命したがゆえ、暫定的にエルロンがその座を継いだ感じじゃな」

……クルシュの本来の守り手は、死んだってことなのか。

エルロンが重々しくうなずいて説明を始める。

「そもそもの発端はいにしえの時代にまで遡る。神竜族はこの地上から隔絶された天空の国で、穏やかに暮らしておった。十二翼の妻と子供達、そして……世界樹の娘クルシュと」

じゅ、十二……？　そんなに奥さんいるのか……。

「第一王妃であるカルマアビス、かの翼がクルシュを産み、守り手となった」

「カルマアビス……」

「カルマは青嵐様の遠縁であった。我より強い力を持ち、【空の王(スカイ・クイーン)】の通り名を持つほどに。その力はクルシュにも受け継がれ、竜王国スカイ・フォシワの国力は盤石に思えた」

なるほど、クルシュが強いのは竜の力を継いでるからなのか……。

「てか、守り手が精霊を産むのか？」

ウルスラがうなずいて答える。

「そうじゃ。精霊はみな、我ら守り手の女たちの体内に、精霊核を取り込んで、そして出産するようなプロセスをとる」

「だから守り手はみんな、女の子なのよ」

なるほど……。だからエルロンは本来の守り手じゃあないのか。あれ？

「じゃあエキドナの守り手、ミクトランは？」

「にゃー。ミクトランも二代目だにゃー」

カノンはミクトランと力を合わせて、雷の魔神トールを封じたことがある。だから彼の性別を知っているのだ。

二代目が多いってことは……それほど、守り手が危険な仕事ってことだろう。

「話を戻そう。我が翼達は平穏にくらしていたのだが、ある日、天界より悪なる神が降りてきた」

「魔神か……。カイ・パゴスにもいた」

「カイ・パゴスと同様、我ら翼達の国にも悪なる神は姿を現した。それが炎の魔神ドゥルジ」

炎……。トールは雷で、こっちは炎か。

「外が灼熱地獄なのも、その魔神の影響ってこと？」

「然り。だが魔神が降り立ったときはこの比ではなかった。我が国土は一瞬で灰となって、消滅した」

「消滅したって……そんな……じゃあ、神竜族さんたちは？」

ユーリが真っ青になってそうつぶやく。国が消えたってことはそこに住んでいる国民も死んだのだろうか。

だがエルロンは首を振る。

「幸い早く対処できたおかげで、国民と世界樹は無事だ」

そうか……良かった……。

「……国土を失ったのなら、今の国民たちはどこで暮らしてるの？」

アリスの問いかけにエルロンがうなずく。

「新しき大地にだ。我らの国は元は移動するような国ではなかったのだ。空に浮かぶ巨大な大陸があり、世界樹は飛行石と呼ばれる特別な結界石に包まれておった」

「飛行石……？」

聞いたことない単語だ。物知りなウルスラが解説する。

「手に取って魔力を込めるだけで、誰でも空を飛べるようになる、とてつもなく希少な鉱石じゃ。しかしいにしえの時代に地上からは全て消え失せ(きう)てしもうた」

「そりゃまたなんで？」

「取り合いになったのじゃよ。誰でも簡単に空を飛べるようになる。それは運搬、戦闘など多岐にわたる用途に使えるからの」

言われてみればそうか。今回の旅だって、エア・バードのような空飛ぶ船があったからこそ、ここに到達できたわけだし。

「魔神の襲撃により我らが故郷は一瞬で灰となった。現在の竜王国は、世界樹の結界である飛行石を砕いて作られた、いわば新しい大地のうえに建っているのだ」

そんな歴史があったのか……。しかし魔神、やはり強い。国をまるごと一つ消滅させるなんて。

「あれ？　でもトールのときは街一つ吹っ飛んだ程度で済んだのに、こっちのほうが被害甚大なのはどうしてだ？」

『それは最強の守り手ミクトランが地上にいたからでござるな』

なるほど……そういやミクトランさんと白猫、そしてカノンの三人で協力して封じたって言っていたな。

そうか、竜王国スカイ・フォシワは遥か上空の国。地上のミクトランが間に合わなかったのか。

というか、知らなかったのだろう。

てゆーか、マジでミクトランさんって強かったんだな。俺の場合は、神眼プラス精霊達の力があって辛勝だったのに。味方が二人いたとはいえ、魔神と互角に戦えたなんて。

「ミクトランがいない代わりに、我が最強の翼、カルマアビスがいた。彼女は青龍様の血を引く、強き女だった」

「エルロンより強かったのか、そのカルマアビスさんは」

「うむ……。だが、妻も結局は討ち死にしてしまった。我らを守るため、自分一人が犠牲となって」

ぎゅっ、とエルロンは拳を強く握りしめる。起きてしまった悲劇への憤りが感じられた。

「あの魔神が……我から全てを奪った！　愛すべき妻も、国土も……そして……娘も……！」

びりびりと空気が震える。だがすぐに冷静になった。

「すまぬ。我を忘れてしまった」

「いや……。でも、娘もって、クルシュは生きてるだろ？　それに、魔神はカルマアビスさんが倒したんだろ？　なんで今になって？」

「ああ……魔神は、倒し切れてなかったのだ。カルマが捨て身で特攻し、ドゥルジの体を爆発四散させた……しかし、核が残っていたのだ」

「核……？」

「ああ。手のひらサイズの、卵のようなものだ。そんなものがあるなんて我らはつゆ知らず、発見されたのはつい最近になってだ。それからはたしかに、ドゥルジのあの恐るべき力の波動を、感じられた」

最近になって……。まさか……。

「クルシュが消えたのも、最近だ。つまりその魔神の卵が発見されたのが原因？」

「然り。ドゥルジの力は、徐々に徐々に強くなっていた。このままでは悲劇が繰り返される。対処に苦慮していた。そんなとき、我が娘が帰ってきて、その卵を持って封印したのだ」

「クルシュが……封印？」

「うむ。娘には【虚無の邪眼】があるのを知っているか？」

「ああ。見た物を消し飛ばす最強の力……そうだ！　邪眼があれば、その魔神の卵も消せるんじゃや！」

ふるふる、とエルロンが首を振る。

「残念ながら、卵を邪眼で消し飛ばそうとしても、すぐにまた復活した」

……トールのときと同じだ。たしか、神には神の攻撃しか通じないって。

邪眼で魔神の卵を消しても、神の力で攻撃していないので、また復活したんだ。

「しかし存在そのものは消せなくても、復活のためにため込んでるエネルギーを邪眼で消せば、復活を遅らせられることが判明した」

「でも……邪眼は連発して使えないだろ？」

「うむ……ゆえに、あの子は邪眼のリミッターを解除した」

「邪眼の……リミッター？」

なんだそれは？　するとマオが手を上げて言う。

「前にクルシュに聞いたことがある。普段使ってる邪眼は、強力すぎて制御が利かないゆえ、リミッターをかけてコントロールしていると」

「へえ、知らなかった。マオ、あんたなんで知ってるの☆」

「邪眼ってほら、かっこいいではないか。だから興味あって」

「ああ……厨二(ちゅうに)乙☆」

「うぐ……！　と、とにかく。クルシュは言っていた。今普通に生活できてるのは、リミッターとあの布面、二つの封印具があるからと。裏を返せば、その二つを取り払えば、本来のすさまじい邪眼の力が解放される。しかし……リミッターは、一度外すと」

マオが口をつぐんでしまう。

「ま、マオ！　なによ言いなさいよ！　リミッターを外すと、おねえちゃんはどーなんの⁉」

ピナが妹の肩を摑んで揺らす。だがマオはふるふると首を振って、言いたくないようだ。

代わりにエルロンが答える。

「リミッターは、一度外せば元には戻らんらしい」

「そん……な……」

ピナがその場にへたり込む。ユーリが慌てて近づいて、妹の体を抱きしめる。

「戻らないと、どうなってしまうんですか……？」

「常に虚無の力が垂れ流しになる。射程内の全てを消滅させ続ける。寿命の概念すらも消し飛ばし、クルシュは周囲にある物全てを永久に消滅させ続ける……【災害】となる」

災害……。周り全てを、永久に消し続ける。そんな大規模な現象を起こしてるとすれば、たしかに災害と言っても過言ではない。

「そん……な……そんな……！　じゃあ……おねえちゃんは……もう、二度と……アタシ達と会えないの……？」

ピナが泣きながら尋ねる。エルロンの沈黙は、肯定を意味していた。そのまま泣きじゃくるピナをユーリが強く抱きしめる。彼女もまた涙を流していた。……ああ、泣かないでくれみんな。ユーリ。おまえ達の泣いてる顔なんて、見たくない。

「リミッターを直すすべはないのかしら、ウルスラちゃん？」

「わからん……虚無の邪眼を含めた、三大眼には謎が多い」

「三大眼って？」

俺が尋ねると、ウルスラが答える。

「精霊姉妹の姉たちが持つ、強力無比な眼のことじゃ。クルシュの持つ虚無の邪眼。三女テレジアの持つ誓約の魔眼。そして……長姉エキドナの持つ、時王の神眼」

「ユーリの姉ちゃん達は……それぞれやばい眼を持ってるんだな」

「うむ。それは女神様から直接譲り渡された物。いわば神のアイテムとも言うべき存在。遺物に近いもの。たとえ天才技術者であるマリク女王であっても修復は不可能じゃろう。そもそも……今のクルシュはリミッターが解除されておって、近づけんからな」

ウルスラの言葉には諦めが含まれてるようだ。打つ手なし、といいたいのだろう。

「おねえちゃん……う……ううう……おねえちゃぁん……」

泣いてるピナを見てると心が痛む。……俺の中には、一つのプ、、、ランがあった。でも、それが実行できるかどうかは、正直わからない……。

誰もが諦めかけている中……。

「だい、じょーぶ！」

ひとり、メイだけが目に光をともして、そう言った。

「アインおにーちゃんが、なんとかしてくれるよ！」

「メイ……」

彼女が俺に近づいて、俺の足にしがみつく。

「アインおにーちゃんは、やくそくしたもん！　ぜったいなんとかしてくれるって！」

「め、メイ……あんた、聞いてなかったの？　打つ手なしの状況なんだよ……？」

「みんなのいってること、めーむずかしくてわかりません！　わけわかんない！　だって、くーちゃんそこにいるんでしょ！　いきてるんでしょ！　こまってるだけなんでしょ！」

なら、とメイが声を張り上げる。

「アインおにーちゃんなら、たすけてくれるもん！　だって……だってアインのおにーちゃん、つよいもん！　みんなをたすけてくれたの、おにーちゃんじゃん！　わすれたの⁉」

メイからの、強い信頼。それは俺の揺れる心に、力をくれた。

俺はしゃがみ込んで、メイに言う。

「ありがとう、信じてくれて。大丈夫……俺なら、クルシュを助けられる」

「！　ほんとー！」

「ああ！」

「ほらぁ……！　ね、おにーちゃんならできるんですっ！」

まだ成功するか未確定な部分はあるが、でも、習ってきたこと、もらってきたものを使えば、クルシュを助け出せると考えた。

「し、しかしアインよ。どうやって助ける？」

「白猫。俺の作戦を告げる。評価してくれないか？」

剣の達人である白猫に、俺のプランを話す。

『なるほど……それなら、可能でござるな!』

よし、白猫がそう言うんだったら、成功の目は消えていない!

「しかし……アインよ。その作戦を実行するとなると……魔神の封印を解き、戦うことになるぞ」

魔神を封じているクルシュを助けると、その封印が解けるのは必定。

「俺がドゥルジを倒す。……そのために、エルロン」

俺は神竜王に頭を下げる。

「頼む。魔神の封印を解かせてくれ。必ず、魔神は俺が仕留める」

封印を解くとなると、国をまた滅ぼすリスクってのがつきまとってくる。

この国を治めてるエルロンからすれば、そのリスクは避けたいだろう。

ふっ、とエルロンが笑う。

「わかった。おまえに任せよう」

「いいのか……?」

晴れやかな表情でエルロンがうなずく。

「娘を一生鳥かごに閉じ込め、苦しませ続けるより、その一縷の希望にすがりたい。その作戦が成功すれば、クルシュはまた再び、愛すべき家族と暮らせるようになるからな」

「エルロン……」

「大丈夫だ。よしんば失敗したところで、おまえを責めたりせぬ。だが……アインよ。一つ条件がある」

「ああ。なんだ？」

エルロンがどん、と自分の胸を叩く。

「この神竜王も、お供させてほしい」

「あんたも……？」

「ああ。空の王たる妻と子に比べたら、心許ないだろうが、おまえの翼となって空を舞うことくらいはできようぞ」

たしかに俺の飛翔能力よりも、ドラゴンである神竜王の翼の方が早く動けるだろう。

これは、スピード勝負になる。

「助かる」

「それはこっちのセリフだ」

エルロンが拳を突き出してくる。俺もまた、彼と拳を合わせる。

こうして、二代目守り手コンビで、クルシュを救い、魔神を討伐することになったのだった。

☆

アインがエルロンと手を組み、クルシュの救出を決意した一方。

竜王国スカイ・フォシワ内にて。

空に無数の翡翠の大地が散らばっている。それらは現在の国土だ。

かつて魔神ドゥルジによって滅ぼされた国土のかわりに、世界樹を守っていた結界、飛行石を砕いて新しい大地を作ったのだ。

そんな翡翠の大地が空に浮かぶなか……ひときわ大きな飛行石の塊がある。

そこに生えているのがクルシュの世界樹だ。

世界樹の頂点には虚無の邪眼によって作られた大きな鳥かごがある。

その頂点には目玉の付いた卵……魔神の核があって、クルシュの虚無で力を消し続けている。

中に入ってる全てを消し飛ばす鳥かご。その中でクルシュは何も身につけることなく、丸くなっていた。

そして思い出す。自分が、ここに来ることになったきっかけを。

それはある日のことだった。ちょうどアインと白猫との修行が終わったころ……。

カイ・パゴスにて。

『ごきげんよう、クルシュ。久しぶりね、我が愛し(いと)の妹』

『……エキドナ』

褐色の肌に、目を見張るほどの美貌と体つき。麗しのダークエルフ……それがエキドナ。

『じゃあ、ないね。誰、君？』

クルシュはすぐにわかった。こいつがエキドナではないと。

邪悪なるものたちの波動を感じたクルシュは、布面を取って邪眼を発動した。

『獲(と)った……！』

『あらひどい妹ね』

『っ！』

気づけば、エキドナはクルシュの背後にいて、彼女の長い髪の毛を手でいじっていた。

ばっ、とクルシュがバク宙して距離を取る。つつぅ……と汗が額を流れた。

『それ……時王の神眼が持つ、時間操作じゃん。なんで使えるの？』

エキドナの持つ魔眼……時王の神眼。文字通り時の流れを操作する、最強の魔眼。

クルシュの攻撃を回避し、背後に回れたのは、どう考えてもこの時を操る力があったからだろう。

『だから言ってるじゃない。私が、エキドナだからよ』

『…………』

ごぉ……！　とクルシュの体から闘気(オーラ)が噴出する。なんだかよくわからないが、この悪をのさばらすのは危険だ。

『あなたは、本当に何も変わらないのね』

『なに……？』

『いつもそう。ヘラヘラ笑って、その仮面で本性を隠す』

どきっ、とクルシュの心臓が体に悪い跳ねかたをした。

『その最強という仮面のせいで、あなたは常に前に出て、弱い者達を守らないといけない。本当は自分だって弱い女なのに……誰にも頼れないなんて、哀れね』

『う、うるさい……！』

クルシュが接近して、闘気をまとった蹴りを食らわせる。だがエキドナは華麗にそれを避けてみせる。いや……攻撃が当たらない。

『心が乱れてるわよ？　もしかして図星？』

クルシュは腕に付けている装飾品を外す。腕輪が宙を舞い、分裂してエキドナに襲いかかる。

ぱちん、とエキドナが指を鳴らす。その瞬間腕輪は消滅した。だが……狙い通り！

『あらま、鏡？』

クルシュは胸の谷間から鏡を取り出して、目の前に投げていた。敵が腕輪に気を取られてる間に出しておいたのだ。やつは必ず背後をとる。ならば鏡に反射させて、虚無で仕留める。

二発目の虚無の邪眼を発動させる。今度こそやつを仕留めた……はずだった。

『あらあら、少しは強くなったのね。でもまだ足りないわ』

エキドナは生きていた。おかしい、完全に仕留めたはずだったのに。

二度の虚無を発動させたことで、クルシュはその場に倒れてしまう。長姉は足下で這いつくばるクルシュを見下し、邪悪に笑ってる。

『殺せよ……』

『そんなこと、いい、必要ないわ』

『なに……？』

どういうことかわからないで言うと、エキドナがマイペースに返す。

『ところであなたの国、今とんでもないことになってるわよ』

『は……？』

『炎の魔神ドゥルジ……聞き覚えは？』

あるに決まってる。守り手である母を殺した、憎い相手の名前だ。

『その魔神の核……魔神核が竜王国スカイ・フォシワで見つかったわ。まもなく魔神は復活することでしょう』

『な⁉』

なんだそれは。そんなものが……いや、落ち着け。どうせ、ペテンだ。心を惑わすためのブラフだ。この女は信用ならない……。

『信じる信じないは任せるわ。でも、早くしないと、あなたの大事な家族がかつてのように、灰燼に帰すことになるわよ……』

……脳裏に浮かぶのは、まだ母が存命だった頃。優しい母と、美しい空の大地。それが魔神の出現によって、全てを焼かれて灰にされてしまった。……そのときの恐怖と絶望が、彼女の胸をよぎり……判断力を鈍らせる。

そんな妹が苦しむ様に愉悦を覚えたのか、エキドナが悪人顔で笑いながら言う。

『ああごめんなさい。今はあの可愛らしい精霊の姉妹達と、楽しく家族旅行してるほうが大事で、トカゲどもはどうなってもいいんでしたっけ？』

いいわけがない。神竜族達も、立派な家族だ。……いや、だめだ。心が乱される。迷いが生じる。こいつの言ってることは本当なのか？　だとしたらなぜ自分に……？

わからない。何もかもわからない。……怖い。なんだこの女は。エキドナではない……何か別の、そう……魔女のように、思えた。

『数日くらいの猶予はあるわ。その間に、どうするか決めた方がいいわよ。どっちの家族を選ぶか……ね』

そう言ってエキドナは消えた。どっちの家族、つまり、父であるエルロンを含めた神竜族と、ユーリ達精霊の姉妹たちのこと。

……その後、カイ・パゴスのパーティがあった夜、クルシュは竜王国スカイ・フォシワへと戻った。そこでエキドナの話が真実だったことが判明。鳥かごを作って、今に至る。

「…………」

今、クルシュはユーリ達に合わせる顔がない。結局、神竜族を取ってしまったのだ。ユーリや、メイたち、愛すべき妹たちよりも……。だから……。

「なんで……来ちゃうのさ……アイちゃん……」

鳥かごの外に、見慣れた顔があった。黒髪に、オッドアイ。

アイン・レーシックが、家族とともにやってきたのだった。

彼は開口一番こう言った。

「おまえを助けに来た」

☆

俺はエルロンとともにクルシュの元へ到着した。

ユーリ達は目の中に入ってもらっている。目の中だと俺の能力が適用されるため、外の熱によるダメージを受けない。

クルシュの世界樹の頂上には、巨大な赤い鳥かごがあった。

その中でクルシュは服を身につけず、胎児のように丸くなっていたのである。

「アイちゃん……みんな……どうして……来ちゃったのさ」

ああ、なんて弱々しい声なんだ。いつも自信満々で、明るいクルシュはどこへいったんだってくらい、弱ってる。

そんな痛ましい姿に思わず顔をしかめそうになる。だが……今は嘆いてる暇はない。

「聞いてくれクルシュ。おまえを助けたい」

「たす……ける……？」

「ああ。この鳥かごをぶっ壊して、その後、魔神をぶっ殺す。それでみんなハッピーエンドだ」

彼女がこちらを向いて、ぽかんとする。

……何も着てないので、ちょっと目のやり場に困る。でも、今はふざけてる場合じゃない。

「なに……言ってるの？」

クルシュの布面がとれた素顔。その目はほんとうにきれいで、吸い込まれそうになる。多分鳥かごに力を使ってるから、今彼女の邪眼を見ても、俺は消し飛ばされないのだろう。

彼女の目は、なんて美しいのだろう。でも……見ていて悲しくなる。

初めて見るクルシュの目は、今、絶望に沈んでいた。その瞳は奈落の底に続いてるかのように、暗くうつろであった。

クルシュ……くそ。こんなに落ち込むまで、俺は彼女の悩みに気づいてやれなかったなんて。

でも……嘆いてる暇はない。俺は決めたんだ。ユーリを家族に会わせるって。それはただ会えばいいってだけじゃない。

彼女が笑って、その家族も笑っていられる。そんな幸せな時間を、ユーリに、そして彼女の家族に与えてあげたいって、そう思ったから旅してるんだろ？

たしかにクルシュとユーリは出会うことができた。でも、でも！　こんな……辛そうな顔のクルシュ、見てらんないぜ。

「聞いてくれクルシュ。俺は修行して強くなった。だから……おまえが魔神を一人で、自分を犠牲にして抑え込む必要は無い。俺に任せてくれ。頼ってくれよ、クルシュ」

俺は、彼女に言葉のボールを投げる。けれど……。

返答は、暴力となって返ってきた。赤い鳥かごの結界の範囲が広がった。

あと少しで俺はこの虚無の力に触れて消えるところだった。

でもすぐに気づいて後ろに飛んだので、無事だった。

「クルシュ……」

「帰ってよ、アイちゃん。私は……もうここを出る気は、ない」

☆

アインに冷たくそう言い放つ一方で、クルシュは心の中で泣いていた。

こんな姿を、妹たちに見られたくなかった。会いたいと思っていた家族達が、自分のために会いに来てくれた。うれしい、でも……。

自分は、精霊達よりも、父や故郷の国を守るために、こちらの家族の事情を優先させてしまった。

家庭内のゴタゴタに、妹たちを巻き込みたくなかったのだ。

『クルシュ姉様……！』

「ゆーちゃん……」

ユーリの声がアインの左に収まってる神眼から聞こえてくる。今、こんな弱くて情けない姿を見てほしくない。

『アインさんがなんとかしてくれます！　彼に任せましょう！』

アインにはなにか勝算が、あるみたいだ。ユーリのその確信めいた言いかたは、成功の高さを物語っている。でも……。

「関係ない。これは……家族の問題だよ」

ぎゅ～っと、クルシュは下唇をかみしめる。ごめん、ごめんね……ごめん……と何度も心の中で謝りながら、あえて……悪人っぽく聞こえるように。

「部外者は……引っ込んでて」

『っ！』

見なくても、ユーリの心が傷ついてるのがわかった。あの子は人一倍、優しい子だから。そんな優しい妹に、こんなひどい言葉を投げかけた自分が、嫌だった。でも……これ以上彼女の旅の邪魔をしたくない。

炎の魔神は竜王国が、故郷が抱える問題。ユーリ達の旅には関係の無い事象だ。ユーリ達を巻き込むわけには、いかない……。

「ばかっ！」

しゅん、とアインの隣にピナが出現する。

「ピナ！」

「くあぁ……！」

ドゥルジによる熱がピナの柔肌を焼く。

「ピナちゃん……！」

虚無の鳥かごがあることを忘れ、クルシュは立ち上がって端っこまで向かう。

その間にアインは能力を発動。【能力付与（エンチャント・アビリティ）】、それはカノンが持つ能力だ。自分の持つ力を一時的に付与できる。アインはカノンの指示でこれを使って、適応をピナに付与。すぐさま治癒術で焼けた肌を戻す。

……ほっとするクルシュをよそに、ピナがこっちをにらみつけてくる。

「ひとりで、かっこつけんじゃねーよ！！！　馬鹿おねえちゃん！」

「ピナ……ちゃん……」

ピナは焼けた肌の痛みに耐えながら訴えてくる。痛みに耐えるよりも、重要なことがあると言わんばかりの気迫に、本気度を感じさせられた。

「見え透いた嘘ついてんじゃねーよ！　ほんとはさみしいくせに！　ほんとは、助けてほしいくせに！　何一人で背負い込んでるんだよ！　なにかっこつけておねえちゃんぶってんだよ！」

なんで、とピナが続ける。

「なんで……頼ってくれないの？　アタシ達……家族じゃないの？」

ピナの頬から伝う涙。誰が……泣かせた？　大好きな……一番仲のいい妹を、誰が……？

ああ……自分だ。自分が馬鹿だから、泣かせてしまった。家族を……妹を……。

「ピナ。俺の中に戻ってくれ」

彼女がうなずいて、消える。アインは、虚無の鳥かごに近づいてきた。

「こ、こないで！　アイちゃん……君が消えてしまう！」

アインの手が虚無の鳥かごに触れる。だが……消えない。

「！　ど、どうして⁉」

「みんなの力だ」

「みんなの……？」

「ああ。よく見てくれ」

アインの体の周りにも、結界ができていた。それは青い球体を、緑の枝で包み込むようなデザイン。

クルシュの張った結界が虚無の鳥かごならば、こちらは世界樹の鳥かごとでもいったところか。

「まず、ピナとメイの力で作った結界で俺の体を覆い、その周りにマオの浄眼とユーリの治癒の力を、カノンの力で付与。アリスの千里眼で、結界のほつれを見つけ次第修復してもらってる」

「……つまり、虚無で消すたびに結界を張り直してる、って構造？」

「そう。精霊の……ううん。家族の結界だよ」

アインの目の中に妹たちがいるはず。けど……彼の背後に、可愛い妹たちがいる姿を幻視した。

彼女たちの苦悶の表情。消すたびその都度結界を張り直してるのだ。力の消費は激しいだろう。

そうまでして……。

「どうして、どうしてこっちに来ようとするの⁉　どうして……私は、私はあなたたちより、こっちの家族を優先させた！　あなたたちを巻き込みたくないのに！　どうして……わかってくれないの⁉」

アインが結界の中を歩いてくる。そして、すぐ目の前にやってきた。

クルシュの顔に手を這わせる。

「おまえが好きだから」

「え……？」

アインが、笑う。背後の妹たちも、笑ってるようだ。

「俺も含めて、みんな姉ちゃん……おまえが好きだからだよ。そんなおまえが泣いてるんだ。助けるのは、当たり前だ」

『そうですよ！　わたしたち、家族じゃないですか！』

ユーリの言葉が胸に響く。

『家族に相談してください！　みんなで考えましょうよ！』

「でも……でも私は……おねえちゃんだから……みんなを守らないと……」

するとピナがまた声を張り上げる。

『だから、そんなかっこつけ、いらないから……！』

『……姉さん。お願い。一人で背負い込まないで』

『にゃ！　みんなで問題に取り組もうよ！』

『我らはだって……家族じゃないか！』

妹たちの言葉に、クルシュは涙を流す。

『くーちゃん……』

『メイちゃん……』

今回の件で、一番悲しい思いをさせただろう、末の妹が……明るい声で言う。

『くーちゃん！　なかないで！　めー……くーちゃんがないてると、かなしいです！』

メイは泣いていない。いなくなって悲しい、さみしい思いをさせてしまったのに。

メイは、妹たちは、自分を……責めたりしない。むしろ、すごくすごく心配してくれていた。

姉の役割を全うできていない、こんなだめな姉のことを。

「だめなんかじゃねえよ、クルシュ」

アインが優しく頭をなでてくれる。

「おまえは強い姉ちゃんだ。でも……無敵の超人なんかじゃない。それはみんなわかってるよ。おまえ一人に……重責を負わすようなことはしないし、そんなこと……求めてない」

おまえは、とアインが続ける。

「おまえはただ、ありのままでいい。無理して前に立って、一人で傷つく必要は無い」

『そうですよ、姉様！　辛いときは分け合いましょう！　ね！』

……ああ、だめだ。この温かい人たちの、そばを離れたくない。諦めたはずだった。もう二度と会わないって決めたはずだった。でも……。

「アイちゃん……」

クルシュは涙を流しながら、吐き出す。己の願望を、己の、弱さを。

「お願いアイちゃん！　助けて……！」

アインは笑う。そして剣を構えた。

「心得た。クルシュ、俺を信じて、受け入れてくれ！」

何をするつもりかはわからない。でももう彼に頼ると決めた。クルシュが目を閉じて、両手を広げる。

「神鑑定……！」

アインが能力を発動させる。そして……。

「はぁ……！！！！！！！！！！！！」

クルシュの眼を……斬った！

恐ろしく素早い斬撃。だが……斬った後に血の一滴も垂れてこなかった。

その代わりに、虚無の鳥かごが……粉々に砕け散ったのだ。

「え……？　なんで……？　きゃあ！」

落ちそうになるクルシュをアインがお姫様抱っこする。

彼女の体に、自ら着ていたマントを掛ける。

「今の、なに？　なにしたの？」

『物を斬る極意を使ったのでござるよ！』

白猫が今アインのしたことを解説する。

『あの力は万物を斬り裂く。万物、それは文字通りこの世のあらゆる事象を、事象だけを斬ることができる。アイン殿は虚無の邪眼だけを、斬って壊したのでござる！』

リミッターを外した虚無の邪眼を、再封印するすべはない。

ならば、邪眼そのものを壊してしまえばいい。

物を斬る極意は邪眼だけを、正確に斬って壊した。結果、虚無の鳥かごは解除されたのだ。

アインが治癒術をすぐさま発動させる。視界が……戻る。

一度破壊された邪眼が再生された。だが一回壊れたからか、威力が弱まっている。発動ができない。でも……。

布面なしで、アインの姿を眼で捉えられた。

「君が無事で、ほんとに良かった」

……彼の微笑みを見て、胸の中に開いた穴が塞がる。途方もない安堵の気持ちでいっぱいになる。誰かに助けてもらうことなんて、母にそうしてもらったとき以来だ。男の人に頼るのはこれが初めてだ。

「アイ……ちゃん……わ、私……私……う、うぁわぁあん！」

なんて安心するんだろう。リミッターを外して、もう二度と家族に会えないと思っていた恐怖から解放してくれた。アインへの感謝でいっぱいになる。

「ありがとう……アイちゃん……」

「いや、感謝の言葉はまだ早いよ。こっからが、本番だ」

アインが頭上を見やる。虚無の鳥かごが壊されたことで、魔神の成長が一気に進む。

卵を突き破って姿を現したのは、炎の魔神ドゥルジ。

ミノタウロスの巨大な骨格標本の、全身から炎が噴出してるような姿だ。

「クルシュ、眼の中に入っててくれ」

「アイちゃん……」

「あとはあいつをぶっ殺して、全員でハッピーエンドだ！」

☆

『ＢＵＯＯＯＯＯＯＯＯＯＯＯＯＯＯＯＯＯＯＯＯＯＯＯ！！！！！！』

ミノタウロスのようなフォルムに、全身から噴き出す赤い炎。

エルロンから聞いていた通りの見た目、そして……火力！

『アイちゃんまずい！　やつは、周囲にある全てを燃やす！　前のように……竜王国が一瞬で消し炭になるよ！』

「そうはさせるもんか！　みんな！」

『『『『世界樹の結界……発動‼』』』』

さっき俺を包んでいた結界が大きくなって、魔神を閉じ込める。

身を守る防御結界も、相手にかければ捕縛用の檻となる。黒姫から教わった。

「てめえは炎だ。酸素ってやつを使って使って燃えてんだろ？　なら、逆にそれがなくなりゃ、燃えることはできない……！」

檻の中の酸素がものすごい早さで消費されていくのが、鑑定能力でわかった。

『で、でもアイちゃん……。炎を消したところで、やつは死なない！』

「わかってる。神には神の力で、だろ」

神を倒すためには神の力が必要。鬼神化した攻撃は、当たる。

『でも……アイちゃんはその不完全な力を、コントロールできないんでしょ？』

「ああ、だから……勝負は、一瞬だ。まもなく酸素を使いきった魔神が暴走して、檻を壊そうとする。檻が壊れて、酸素が流れ込み、再び炎が点く前に……」

「我とともに、アインがやつを斬る……！」

エルロンが俺の隣にやってくる。

『おとっつぁん……』

「馬鹿娘が。一人で勝手に決めて暴走して。父にも頼れ！」

エルロンが、左目にいる……クルシュをまっすぐに見て言う。

「我とおまえは、家族なんだ！」

クルシュが目の中で、泣いている。これは悲しみの涙でないことは明らかだ。

「いくぞ、アイン……！　速攻だ！　我が真なる竜の翼、とくと見よ！」

その瞬間、エルロンの体が光り輝く。体が膨張していき、そこにいたのは、雷をまとった美しいドラゴンだった。

雷の竜。これが、エルロンの真なる姿。

『乗れ、アイン！　超えるぞ光を……！』

「ああ、鬼神化、発動……！！！！」

俺の体に力が満ちていく。髪の毛が真っ白になって、目の色が赤くなる。

力が、体の中で出口を求めて暴れ回る。だが……動かない。エルロンの背中の上で構えを取る。

俺はただ、敵を見極めて、斬るだけ。

魔神がついに檻を壊す。その刹那。

「行けぇえええええええええええ！」

『おぉおおおおおおおおおおおおおおお！』

エルロンは全身に雷をまとった状態で、超スピードで飛び出す。

雷による爆発的な運動エネルギー。本来なら動きを捉えられないだろう。

「神鑑定……！！」

世界から色が消える。鬼神化と、神鑑定。俺が白猫との修行を経て身につけた力。

これは本来、俺に向いていない力。でも……ただ見て、ただ斬る。使い方を複雑化すると暴走する（コントロールできない）。

だから、このシンプルな二つの動作だけに集中する。あとはエルロンに任せる。

エルロンの翼は光を超える。檻の中に酸素が一気に流れこんでいくのがわかる。

檻を突き破って中に入る。無酸素空間だ。長く中にいれば俺らも死ぬ。

だが俺の命がつきるより速く、エルロンは飛ぶ。

『失せろ魔神！　我が妻の、仇だぁあああああああああ！』

限界を超えての飛翔。エルロンの体から血が噴き出している。だが彼の飛翔は止まらない。

敵に酸素が行く前に、俺を攻撃の間合いまで運んでくれる。

魔神の眼が驚愕（きょうがく）に見開かれる。炎を出す前に、骨を伸ばしてきた。

無数に伸びた骨の槍（やり）が俺たちに一気に襲いかかってくる。

だが……ぼっ……！　と一瞬で骨が消し飛んだ。

『はぁ……はぁ……私を、忘れないでよ……！』

クルシュ。俺が邪眼を一度壊して、その後再生した。邪眼は消えたわけじゃない。でも力はだいぶ消耗して、弱っていたはず。それでも、魔神の攻撃を消し飛ばせたのは、執念からくるものか。

『いけ！　アイちゃん！』

『アイン！　断ち切ってくれ！　娘を縛り付ける、因縁の鎖を！』

間合いをとる。剣に力がこもる。神速の竜の背に乗っているから、俺の体への、そして、剣の負担も大きい。それでも……それでも……！

この一撃は、絶対に当てる……！

「虎神一刀流……奥義！　【猛虎爪閃撃（もうこそうせんげき）】　！！！！！」

一振りで五つの斬撃を放つ奥義。まとった闘気（オーラ）が虎を幻視させる。

虎の放った強烈な一撃は魔神の体を紙のように引き裂いた。

『BU……BO……O……』

現実にして、一秒にも満たない短い時の流れのなかで……決着が付いた。

神鑑定が、そして鬼神化が解除される。

背後で大爆発が起きた。エルロンが翼で俺を体ごとガードしてくれる。

「ぜは……！　はぁ……はぁ……はぁ……」

一分間しか持たない鬼神化を、一秒だけ使った。だから、寝込むことはない。だが……とてつもない疲労感を覚えてその場に崩れる。

「アインさん！」

ユーリが眼の中から出てきて俺を抱き留めてくれる。すぐに治癒術をかけてくれた。

体にかかっていた負荷が消える。

「ありがとう……ユーリ……」

笑顔で、ふるふると首を振る。

「お礼を言うのは、わたしのほうです。アインさん……ありがとう……姉様を、救ってくれて」

魔神は爆発四散したようだ。先ほどまで感じていた異常なまでの暑さは、もうない。

『アイン！　見事！　御見事！　魔神を、倒したぞ！』

「アイちゃん……！」

クルシュが、そしてみんなが顕現してきて、俺を抱きしめてくれる。

みんな……笑っていた。良かった……ほんとに、良かった……。

「アイちゃん……ほんとに、ごめんね……」

クルシュが申し訳なさそうな顔で言う。だが、俺は満足感でいっぱいのまま、首を振った。

「謝る必要ないよ。てゆーか、そこはごめんじゃなくて、別の言葉言ってほしいな」

クルシュが目を丸くして……心からの、笑みを浮かべる。

そして俺の体に抱きついて……額にキスをしてくれた。

顔を離すと、もうそこには、いつもの綺麗な姉ちゃんのクルシュがいた。

「ありがとう……アイちゃん！」

こうして、竜王国スカイ・フォシワでの騒動は、幕を閉じたのだった。

しかし……。

ピキッ……！　パキッ……！

「ん？　なんだこの音……」

右手に握ってる剣を見やる。冒険の当初から使ってる、精霊の剣だが……。

ピキピキ……！　パキィイイイイイイイイイン！

「…………………え？」

刃が、剣全体が、完璧に……砕け散ったのだ……！

「え、えええ⁉　こ、壊れたぁ……⁉」

完膚なきまでにぶっ壊れてしまった、精霊の剣。そんな……ユーリ、そしてウルスラの作ってくれた剣が……。

「おぬしの成長に、剣がついてこられなくなったのじゃろうて」

ウルスラが転移してきてそう判断する。

「あーくん強くなったのに、初期装備のままだものね」

「加えて、あの全霊の一撃に、剣が耐えられなかったのじゃろう」

そ、そうか……。

「ご、ごめん……ユーリ、ウルスラ」

ふっ、と彼女たちが微笑んで首を振る。

「なに、武器は壊れる物じゃ。むしろ天寿を全うしたことを、あの武器は喜んでおるじゃろうて」

作ってくれた人も、素材を提供してくれた人（ユーリの世界樹の素材から作られていた）も、許してくれた。だからまあそれはいいんだけど……。

武器……どうしよう。まあ、でも……。なんとかなるか。

「くーちゃーん！」「おねーちゃーん！」

壊れた武器について話してる一方で、精霊姉妹たちが、クルシュに抱きついている。

「もー！　めーをびっくりさせて！　わるいこ！」

「ほんとだよ！　おねえちゃんは……もう二度と、黙って消えるの禁止！」

抱きついて泣いてる妹たちを、優しくあやしているクルシュ。

「ごめんよ。わかった、もう絶対そばを離れないからね」

まあ、何はともあれ、いろいろあったけども、クルシュに笑顔が戻ってくれた。今はそれだけでいいやって、そう思うのだった。

2話　鑑定士は過去へ戻る

スカイ・フォシワでの出来事があってから、しばらく経ったある日のこと。

俺はドワーフの国カイ・パゴスにいた。

世界樹カノンのホールにて。

「ふぅ……」

俺は鬼神化を限定的に発動させる。一分間鬼神状態になる使い方ではなく……。

一秒だけ、鬼神となる。それによって反動を抑えるやり方だ。

ずずぅ……と俺の体に力が満ちていく。その手に持った刀を……。

「ぜやぁああああああああああああああああああああああ！」

ズバンッ……！　と振るった。だが……。

バキィイイイイイイイン！

「はぁ……はぁ……だ、だめ……かぁ……」

鬼神化が解けて俺はその場に倒れ込む。

「回復しますっ」

ユーリが俺に世界樹の雫をかけてくれる。

「サンキュー、ユーリ」

「いえ……でも、アインさん。根を詰めすぎでは？」

「そうかな？」

「はい。クルシュ姉様のところから帰ってきてから、ずっと……修行ばっかりです」

「修行じゃないよ。だから安心して」

「はい……」

さて、じゃあ何をやってるのかという話なのだが……。

「調子はどうだ、アイン？」

「マリク……」

このカイ・パゴスの女王にして、天才職人の、マリク。彼女が俺に近づいてくる。

大の字になってしばらく動けない俺を、ユーリが支えて起こしてくれた。……限定的な鬼神化は、結構うまくいってる……と思う。前は一分鬼神になるかわりに、一日動けなくなっていた。

でも今は、数秒だけ発動させることで、反動を最小限にできている。……とはいえ、まだまだ体に負担は大きい。……俺にはまだやらないといけないことが山積みなのだ。で、今はその問題の一つにぶち当たっている。

「悪い、また、駄目にしちまったよ」

俺の手にはボロボロになった刀が握られている。

さっきの鬼神化の際に振るっただけで、一瞬で壊れてしまったのだ。

マリクはがしがしと頭をかく。

「そっか……ヒヒイロカネを使っても駄目か」

「わるい……」

「おまえさんがわるいんじゃあない。おまえさんに見合う武器が作れない、おれが駄目なんだ」

　そこへ……。

「やっほー★　お兄さん」「アイちゃんおつ～」

　クルシュとピナが、ホールへとやってきた。精霊たちはカノンの付与を使って、単独行動スキルを与えられてるからか、最近好きに出歩けるようになったのである。

　そしてクルシュは布面から、眼鏡姿になった。あれもマリクが作った、新しい魔道具である。これまでの布面よりも邪眼の効果を抑える効果があるそうだ。

「うげ、またお兄さん修行してたの？　最近魔族の活動も、なぜか減ってきてるんだから、もっとお姉ちゃんとランデブーすればいいのに。ね？　ユーリお姉ちゃん？」

「ひゃうう……ら、らんでぶーだなんて～……」

　顔を真っ赤にするユーリさん。いやいや。

「そんな暇ないよ。魔族がいつくるかわからない、だからその間に、今抱えてる問題をクリアしておかないとな」

「ふーん……」

　……あれ？　なんかピナがすごく不服そうだ。どうしたんだろう。

　一方でクルシュは微笑(ほほえ)みながら、ピナの頭をなでて言う。

「んで、アイちゃんは今どんな問題を抱えてるんだい？」

「武器がな、ないんだよ。俺が全力で使える武器がさ」

……先日、スカイ・フォシワにて、俺は相棒の精霊の剣を壊してしまったのだ。

その後、ウルスラに同じ物を作ってもらおうとしたんだが……。

「あれ、すごい稀少な素材で作られてて、同じもん作るのは無理なんだそうだ」

「あらま、そうだったの……ごめんね、アイちゃん」

「え⁉　な、なに謝ってんだよ……」

「だってお姉さんの事件がなかったら、剣は壊れなかったっしょ？」

……スカイ・フォシワで剣は壊れた。でも……だ。

「何言ってんだよ。クルシュのせいじゃないよ」

「アイちゃん……ありがと」

まじで別にクルシュのせいじゃない。邪眼のこと以外にも、魔神とのバトルがあったしな。

「しかし参ったな。鬼神化して強くなったアインに見合うだけの武器は、今の世界じゃ用意できないぞ」

どうやら鬼神化のパワーに耐えうる武器っていうのは、作れないらしい。

クルシュの父ちゃん、エルロンさんから神竜族の鱗をもらったり、ユーリから世界樹の枝をわけてもらったりして、マリクに武器を作ってもらってるんだが……。

「なるほど、アイちゃんが強くなりすぎて、武器が付いてこられないんだね」

「そうだ。正直、神竜族の鱗で駄目なら、現代の技術じゃおまえさんの武器をゼロから作るのは無理だな」

「そっか……」

……ん？　なんかちょっと引っかかる発言だったな。

「ゼロから作るのは無理ってことは……なにか他に方法があるのか？」

「ああ……ある。神器を探す」

「じんぎ……？」

また聞いたことない単語だった。しゅん、とウルスラが転移してくる。

「神器とは神が作りし武器のことじゃ」

「神……？　女神様のことか？」

「ちがう。天界に住む、神々のことじゃ」

う、ううん？　なんだそりゃ……？

神っていえば、俺たちに力をくれる光と闇の女神さまのことじゃあないのか？

「この世には上位存在がおるのじゃ。かのものたちは神と呼ばれ、天上の世界、天界に住んでいるのじゃ」

「お、おう……？」

やべえ、さっぱりわからねえ……。

だが、すごいやつらがいるってことだけはわかった。

マリクがうなずきながら言う。

「神は実在する。現に奴らが作った武器は、神器と言って、通常じゃ考えられない、まさしく奇跡としか思えない効果を発揮する」

「マジか……！　じゃ、じゃあその神器の中に、俺が使える武器があるかもってことか……？」

「うむ……じゃが、二つ問題がある。神器は選ばれしものにしか使えぬ。そして……どこにあるのかわからぬ」

……どうやら、そうとうハードルの高い武器のようだ。

「どこにあるとか知らない……よな？」

ウルスラもマリクも暗い顔になる。この二人が知らないんじゃ……わからないよな。

「でも……神器か。それがあれば、いいんだけど……どこにあるかわからないし、見つけても使えるかわからないいんじゃなぁ」

と、そのときである。

「やぁ少年」「勇者さまぁ～！」

ホールへ新しい人達がやってきた。大商人のジャスパー、そして王女クラウディアである。

「ゆーっしゃっさまぁ～！」

クラウディアは王女なのに、俺みたいなのにも優しくしてくれる……っていうか、俺のこと勇者って呼んで、求婚してくるのだ……。なんでだろう、不思議だ。

「くーちゃんっ」

「あら、ユーちゃんっ。二人でラブラブですの？　うらやまですわ！」

うちのユーリさんとクラウディアは、結構仲良しさんなのである。

俺のことが好きって共通の意識があるから……らしい。て、照れる……。

「今日は、どうしたんですか？」

「そうですの、実は勇者様に大事なお知らせがありまして」

「！　に、妊娠……とか⁉」

ユーリがくわっと目を見開く。

「まっ♡　気が早いですわ～♡」

……妊娠もなにも、俺誰ともそういうことしてねえし……。

「で、俺にお知らせってなんだ？」

「実は……お告げがあったんですの！」

「お、お告げ……？」

いきなり何のこっちゃ……？　するとジャスパーが説明する。

「クラウディア様は実は、霊感がおありなのだ」

「れーかん？」

「ああ。クラウディア様は昔から、勘が異様に優れていてね。彼女曰く、神からお告げがくるのだそうだ」

！　神……またか。やっぱりいるのか、そういうのって。

「少年、君とは森で出会っただろう？」

「ああ、懐いなそれ……」

　確かジャスパーとクラウディアを乗せた馬車が、魔物に襲われて、そこを俺が助けたんだっけか。この旅のだいぶ最初のほうであった出来事だ。

「あのときも、わたくし神からお告げがあったんですの。そこで【運命の人】と出会うだろうって。それを聞いたら居ても立ってもいられなくなって、ジャスパーの馬車に乗せてもらったんですの！」

　なるほど、とウルスラがつぶやく。

「王女が外出するにしては、護衛が少ないとあのときから思ってたのじゃ。あれはアインに会うための、突発的な行動じゃったんじゃな」

　言われてみればたしかにそうか。王女さまが公務ででかけるなら、もっとたくさん護衛がいただろうしな。

「くーちゃんにそんな力が……！　すごいです……！」

「うふふ♡　治癒の力があるユーちゃんのほうがすごいですわ」

　きゃっきゃ、と仲良くするユーリ達。

「といっても、昔ほど頻繁にお告げは聞かなくなったのですけどね」

「そーなんだ……」

　こくんと、うなずいてジャスパーが補足する。

「小さい頃はよく戦争や災害を言い当ててらしたのですが、年を重ねるにつれお告げの回数は減っていったのだ。少年との出会いは本当に久しぶりのお告げだったそうだよ」

「そうなんだ……で……今回のお告げは、どういう内容だったんだ」

クラウディアが居住まいを正して俺たちに言う。

「お告げ曰く、あと数日中に【蓬萊山(ほうらいさん)】が現れるとのことでした」

「は、はい……？　ほ、ほーらいさん……？」

なんだなんだ、なんか今回は聞いたことない単語ばかりが出てくるぞ……。

ほぅ、とウルスラが驚いたように言う。

「蓬萊山が現れるのか。それはとても珍しいのじゃ」

「なんだウルスラ、知ってるのか？」

「うむ……別次元に存在する、幻の島じゃ」

別次元……幻の島……？

「歴史上の転換期において、何度か突発的に現れた幻の島じゃ。そして、後の世で英雄と呼ばれる存在たちに、力を授けるという」

「！　力を授けるって……まさか！」

「うむ。そこならば、アインが使える神器があるやもしれんな」

やった！　なんてついてるんだ！

あ、でも……。

「英雄の元に現れるんだろ？　なら、俺の前には出てこないか」

だって俺、英雄じゃあないしな……。

するとピナが不機嫌そうな顔になると、げしっ、と俺の尻を蹴っ飛ばしてきた。

「な、なんだよ……」

「ふんだ！　べっつに～！」

ええ……何怒ってるんだよ……わからん……。

まあまあ、とクルシュがなだめつつ言う。

「王女ちゃん、お告げは蓬莱山の出現場所は言ってなかったのかい？」

「はいですわ。数日中に出現するとだけ……」

「となると……マイシスターとおとっつぁんの出番かな」

しゅんっ、とアリスが転移してくる。こくんとうなずいたあと言う。

「……千里眼と神竜族たちの翼があれば、世界中どこに出現しても、蓬莱山をすぐに発見できると思う」

「！　そうか！　ありがとう、アリス、クルシュ！」

ふっ……とアリスが微笑むと「いいの、君の力になりたいし」と言う。いいやつだぜ、本当に！

「ま、アイちゃんにはでっかい借りがあるしね、おとっつぁんも喜んで力貸してくれるよ」

こうして、俺は神器を獲得するために、蓬莱山に行くことになったのだが……。

まさか、あんなことになるとは思わなかった。

☆

「う、ううん……あれ？」

俺は目を覚まして、違和感を覚えた。

そこは洞窟の中だったのだ。

「え……？　な、なんで洞窟……どうなって……ん？」

次に、また新しい違和感。

「なんだ……声が、妙に高いだって……？」

俺の声とは思えないくらい、高いのだ。まるで幼児のような……。

「え、えええ⁉　手、手が小せえ！　どうなってんだ⁉」

自分の手とは以下略。俺の手は剣を握ってマメだらけのはずだった。でもつるつるしてるし、小さいし、妙にぷにっとしてる！

「え、え、な、なになに⁉　どういう状況だよこれぇ……！」

そう叫んでいたそのときだ。

「ぎししし……！」

「！　お、おまえは……単眼悪魔（グレムリン）！」

Sランクのモンスター、単眼悪魔。かつて奈落で出会ったモンスターだ。

前は脅威に感じていたが、神眼を得た俺の敵じゃない……。

「くそ！　こんなときに……って、そっか、武器もないいんだった！　くそ！」

「ぎしー！」

単眼悪魔が襲いかかってくる。

「超鑑定！　……って、あれ!?　発動しないぞ！」

超鑑定すら発動しないなんて！　いよいよもっておかしいじゃあないか！

俺は勘で、敵の攻撃を回避する。しかし、腕をざっくりと、悪魔の持っていた鎌で攻撃された。

「つぅ……痛い……じゃあ、夢じゃあ……ない！」

腕から血がしたたり落ちる。心臓はバクバクするし、呼吸は荒い。……リアルだ。これは夢なんかじゃあない！

体はいつも通りじゃなく、武器もない。神眼の能力も使えないとなると……いよいよもって絶体絶命だ。

「ぎしー！」

やばい、殺される……！　と思ったそのときだ。

「伏せろ、少年！」

ズバァアアアアアアアアアアン！　という激しい音と衝撃波が発生する。単眼悪魔は一瞬で消し炭になってしまった。

「君、大丈夫かい？」

「あ、え……あ、は、はい……」

……一瞬、俺は思わず、こんな言葉が口をついて出た。

「お、俺……？」

「ん？　どうしたんだい、君？」

「あ、いや……あんた……なんか俺に似てるなって……」

俺を助けてくれたのは、黒髪の青年だった。

背は高く、細い体躯をしている。

黒目に黒髪、そして……どことなく俺と似ている雰囲気をしていた。

違いといえば背の高さと……。それに……。

「あ、あの……その左目の傷、どうしたんですか？」

彼の左まぶたには十字の傷があった。ざっくりと深く傷付いていて、痛々しさを覚える。

だが彼はあっけらかんと答える。

「ん？　この十字傷かい？　ああ大丈夫、昔師匠と戦ってるときにつけられた傷だから、君は気にしなくて良いよ」

青年はしゃがみこんで、ニカッと笑う。どうやら単眼悪魔を斬ったときに、傷ついてたのではないと言いたいらしい。優しいやつだ。俺が気にしないように言ってくれるなんて……。

「君、ひとり？　こんなところで何してたんだい？」

「あ、いや……俺も何が何やらで……。えっと……」

そういや、名前を聞いてなかった。

誰だろう?

「そうか……あ、ごめんね、名乗ってなかったね」

彼はしゃがみ込んだまま、ニコッと笑う。

その背後に……。

「ぎしゃー!」「ぎしゃしゃー!」「ぎぃいい!」

「! あ、あんた後ろ!」

ズバンッ……!

その手には、二本の剣が握られていた。

美しい刀身の、まるで、宝石のような剣……。

さっきまで彼の手には剣が握られていなかった。

いったい、どこから剣を取り出した? いや、もっと言えば、いつ剣を振るった……?

「! その手の紋章……無限収納の魔法紋!?」

「ん? これ知ってるの、君?」

青年の手のひらには、俺の手にあるのと同じマークが描かれていた。

知ってるもなにも……。

「俺の手にも同じものあるし」

「? 見当たらないけど」

「え⁉」

ほ、本当だ！　ウルスラにもらった魔法紋がない！　どうなってんだ……。

「おっと自己紹介の途中だったたね。私の名前はミクトランという。よろしくね」

「はあ……え？　み、ミクトラン？」

……どこかで、聞いたことがある名前だ。そうだ……カノンのとこだ！　たしか、魔神トールを封印するとき、カノンに手を貸した勇者が……ミクトランって！

「勇者ミクトラン……？」

そうだ、そうだよ、エキドナの守り手でもある、勇者じゃないか！

でも世界樹エキドナって枯れてしまってるんじゃ……精霊核はあるらしいけど……。

「勇者？　いや私はただの守り手だよ」

「守り手！　やっぱり……世界樹の……」

「世界樹の守り手を知ってるの？　君みたいなちっちゃな子が……なんで知ってるんだろうか？」

ち、ちっちゃな子……？

そのとき、俺は思い出した。ここが、洞窟の中だってことに。

そして、地面に水たまりがあって、そこには……。

「なんっじゃこりゃあああ！　体……ちっちゃくなってるじゃねえかあああああああああ！」

……そこに映っていたのは、どう見ても十歳未満の、ちっこくなった俺、アイン・レーシックだった。

急に小さくなるし、勇者ミクトランが俺の前に急に現れたし……。

一体、なにが、起きてるっていうんだよぉ！

☆

蓬萊山に来たと思ったら、身体（からだ）がちっこくなっていて、しかもエキドナの守り手ミクトランさんと出会った……。いや、なんだこれ？　どういう状況なんだ！

「ウルスラ、聞こえるか？　ウルスラ？」

俺の右目は賢者の石になってる。ウルスラとの通信が入るはず……。だが、彼女の声は聞こえない。

「ウルスラくんを知ってるのかい？」

ウルスラ……くん？　いや、そうか。ミクトランさんも守り手なら、ウルスラのことを知っててもおかしくはない……か。

いや、でも……やっぱり違和感がある。

「…………」

正直頭がパンクしそうだ。色々わけわからん状況にあるし、だいいち、このミクトランさんって人が信用にたる人なのか……？

……いや、でも。ミクトランさんの手にある、魔法紋は、とても高度なもの。多分全部の魔法が使えるウルスラにしか作れない。その彼女が、力を与えてるなら……。

「ミクトランさん、相談があります。俺はユーリの守り手をしてるんです」

「！　ユーリ君の……？　しかしその役目はウルスラくんでは……？」

「二代目として、引き継いだんです。ウルスラから。あなたのように」

俺は前に聞いていた。ミクトランさんもまた、エキドナの守り手を引き継いだ人だって。

「ふむ……君はどうやら私のことを知ってる様子だ」

「はい。よく知ってます。……あなたが、大昔に死んだことも」

戦いのさなか、世界樹エキドナは枯れたとウルスラは言っていた。

なら守り手であるミクトランさんが無事とも考えられない。つまり……。

この場所は、俺の知ってる時間軸では、ないということ。

「俺は未来から来たんだと……思います。多分」

確証はない。でも過去の人であるミクトランさんが生きてるってことは、そう考えるのが一番しっくりくる回答だ。……もっとも、じゃあ俺がどういう手段を用いて過去に来たのかわからないけども。

「そうか……未来から。それは遠いところから来たね」

ミクトランさんがしみじみと言う。その姿には、子供の戯言（たわごと）だと馬鹿にしてる様子はなかった。

「信じるんですか？」

「もちろん。君が私のことを信用してくれたように、私も君を信じるさ」

「！　そこまで見抜いてたんですか……」

「そんな大層な話じゃあないよ。私は、この世に悪い人なんて居ないって思ってるだけなのさ」

「そ、それは……」

そんなことはないだろ……とまで言えるほど、俺はこの人の歩んできた道のりを知らなかった。

でもこれだけはわかる。ミクトランさんは、まじで、そう思ってるんだって。

「しかし困ったね、君は未来から来た守り手ってことになる。当然、元の世界に戻りたいだろ？」

「それは……まあ」

元の世界にはユーリたちがいる。彼女らがどうなってるのか……。

魔族の動きは最近妙に停滞していたし、危ない事態にはなってないだろうけど、でも心配だ。

「残念なことに私は学がなくてね。頭の良い人たちに意見を聞くのが一番だろう」

「というと……？」

「ウルスラくんと……それと、私の可愛い恋人、かな」

「可愛い恋人……？」

そのときだ。

「ミクトラン！」

女性が俺たちに声をかけてきた。振り返ると……。

「ゆ、ユーリ!?」

……一瞬、ユーリかと見間違えた。

でも、よく見ると違った。

まず……ユーリよりも背が高い。

ふわふわとした髪質の翡翠色の髪の毛。胸はややこぶりだが、形が良い。

そして彼女はずっと目を閉じている。それがまた、彼女に神秘性をプラスしていた。

「さっそく、私の可愛い恋人がやってきたよ」

「か、からかわないでくださいっ。もうっ、ミクトラン、あなたはいつもそうやってからかって
……！」

「はは、ごめんよエキドナ」

……エキドナ。エキドナ⁉

「あ、あんたが……エキドナ？　ユーリたちの……長姉？」

いや、確かにここが過去の世界なら、死んだはずのユーリの姉、エキドナがいてもおかしくは
……ないか。……それにしても、なんてきれいな人だろう。

「ユーリを知ってる……？　人間……！　どうして、この領域に？」

「領域……？」

エキドナが身構えたのがわかった。だが、ミクトランさんが笑ってなだめる。

「安心しておくれよ、エキドナ。彼は未来から来た後輩の守り手だ」

「！　未来から……後輩の守り手？　そんな世迷い言、信じるのですか……？」

困惑するエキドナ。うん、俺も……正直彼女と同じ気持ちだ。

でもミクトランさんは、開いている右目を細めてうなずく。

「うん。悪い子じゃないよ。だから、目を使うんじゃあない」

「！」

気づけば一瞬で、ミクトランさんがエキドナのもとへワープしていた。

そして彼女の肩に手を置いてる。

エキドナは、目を開けていた。その目は黄金色をしていた。

……ウルスラが確か言っていたな。ユーリの上三人の姉ちゃんたちには、すごい目が備わっているって。確か……時王の神眼、だったか。

今エキドナは神眼を使って、俺を攻撃しようとしていたのか。それをミクトランさんが止めてくれた……と。

「大丈夫。何かあったときは、私が止めるから。ね？　君が子供を殺すところなんて、見たくない」

「……もう、仕方ありませんね。あなたの言うことだから、聞いてあげるんですからね」

エキドナが目を閉じると、つんっ、とそっぽを向く。なんだかパワーバランスが見て取れた。

「可愛いでしょう？　うちの恋人は？　ベッドだともっと可愛いんだ。なーんて」

「ば、ばかっ、ミクトラン！　子供の前でなんてことをっ」

ぽかぽかとエキドナがミクトランさんの肩を叩く。

ああ、まじで恋人同士なんだな……いいなぁ……。俺もユーリと…………………いや。

俺なんかじゃ……釣り合わない。

「そういえばエキドナ、どうしてここに？」

「そうだ。ミクトラン、【アンリ】がどこにいるか知りませんか？」

「アンリちゃん？　いいや」

アンリ……？　誰だろう。二人の共通の知り合いだろうか。

エキドナが暗い顔になってうつむく。

「アンリがまたいなくなったのです。……まったく、いつもいなくなって、ミクトランを困らせて……あの子ってば何がしたいのでしょう」

ううん、どうやらエキドナの知り合いのアンリって子が行方不明らしい。

「すぐ捜さないとね。っと、でも君を元の世界に戻さないといけないし……」

「あ、いや、俺は後で大丈夫です。それより迷子を捜しましょう。魔物とか出たらヤバいですし」

俺のことより、その子の命を優先して欲しい。俺はまだ生きてるわけだしな。

するとミクトランさんはちょっと黙って俺を見つめた後、うなずいた。

「わかった。じゃあ先にアンリを見つけよう。エキドナ、君も手伝っておくれ」

「わかりました。それで……ええと、彼をなんと呼べばいいのでしょう」

するとミクトランさんが俺を見て、頭をかいた。

「そういえば、君の名前をまだ聞いてなかったね」

ずっこけるエキドナさん。ミステリアスな雰囲気に反して、ノリの良い人なのかもしれん……。

「あ、あなた！　名前すら聞いてない、えたいのしれない子を信じたのですか⁉」

「はっはっは」

「ははっじゃないですよ！　もー！」

……仲いいなぁ、二人。

「俺はアインです。アイン・レーシック」

「改めて、私はミクトラン。彼女はエキドナ。よろしくね、可愛い後輩君」

こうして俺は、ミクトランさんたちとともに、アンリって子を捜しにいくことにしたのだった。

☆

遠くでさざ波の音が聞こえる。海が近いのだろうか。

海底洞窟……とでも言えば良いのか。俺たちはその中を進んでいく。

「私たちがいるのは、神聖領域といってね」

「神聖領域……？」

「うん、世界樹エキドナを使って構築された、人間たちの住む世界とは少しずれた場所にある、神聖な領域……だっけ？」

ミクトランさんがエキドナに尋ねる。

彼女はプリプリ怒りながら言う。

「部外者になに秘密をもらしてるのですかっ」

「いやぁ、だって彼は未来からきた後輩の守り手くんなんだよ？　教えてもいいでしょ」

「その話、わたしは信じたわけじゃありませんっ」

そりゃそうだ。エキドナのいうとおりである。俺の話をあっさり信じた彼の方がおかしい……。

「ま、そこで私たち守り手、そしてエキドナたち精霊はともに仲良く暮らしてるわけ」

「ははあ……」

……でも、この場が本当に過去の世界だとしたら、悲しい。だって俺は知ってる。

……世界樹エキドナが枯れてしまうことを。何があったのかは、俺にはわからない。

でもこの仲の良いカップルが、いずれ悲しい結末を迎えるなんてな……。

でも。未来のことを話すのは、どうなんだろう。そんなことして、いいのだろうか。俺にそんな権利あるのかな。

「どうしたの、アインくん？」

「あ、いや……ええと」

とりあえず深く考えないことにして、居なくなった子を捜すことに集中しよう。

「アンリちゃんって子も、守り手なんですか？」

「いや。アンリちゃんは先代のお孫さんなんだ」

「ミクトランさんの、前の守り手の、ってことです？」

「そうそう。先代は老衰で死んでしまってね、二代目を引き継いだ際に、彼女の面倒をみることにしたんだ」

なるほど……。つまりここには守り手と精霊以外に、そのアンリって子もいたんだな。

「しかしアンリちゃんは困ったちゃんでね、気づくとすぐ居なくなってしまうのだよ」

「それは……なんででしょう？」

「さぁ……ねえ、エキドナ。なんでだろう？」

すると彼女は「わたしに話題を振らないでください」とそっぽをむいていた。

俺とあんまり話したくない様子だ。

「拗ねないでおくれよ、アインくんがいて、二人きりになれず、いちゃつけないからって」

「だ、だだだ、誰が拗ねてるんですか！　それに別にいちゃつきたいなんて少しも思ってません！」

怒るエキドナを、ミクトランさんがからかってる。いや、天然か？

そうだよな、この人ちょっと天然入ってるよな……。

どうみてもあやしい俺の発言をすんなり信じてるあたり……。

「あ、分かれ道だ」

海底洞窟を進んでいくと、左右に分かれる道があった。

「さて、どっちかな」

「わたしが力を使います」

そういって、エキドナが目を開こうとする。

彼女の背後に、ミクトランさんが一瞬で回って、手で目を隠した。

「きゃー！」

ぱしっ！

その手をミクトランさんが摑む。……いやだから、いつの間に移動していたんだ。

この人、抜けてるけど、割とすごい武芸者だぞ。足運びがおかしい。

「何するの！　こ、子供が見てる前でいちゃつくなとあれほど言ったじゃあないですか！」

あ、やっぱりいちゃついてたんだ。そりゃそうか。恋人同士だしな。

「神眼は身体への負担が大きいよ。あんまり使わないでおくれ」

「し、しかし……」

そうか、クルシュと同様、目を使うとデメリットもあるんだな。よし。

「俺に任せてください」

「アイン君？」

神眼がなくても、俺は鑑定スキルが使える。

「【鑑定】」

洞窟の地面を鑑定した。すると、子供の足跡が、右の洞窟へ向かって延びてることがわかった。

そのことを伝えると、ミクトランさんが喜ぶ。

「君は鑑定士なんだね！　すごいなぁ」

「お役に立てて何よりです。でも……すごくないですよ。不遇職ってバカにされてますし」

俺たちは右側の道を進みながら会話する。

ミクトランさんが「そうかなぁ」と首をかしげる。

「すごいと思うよ。だって人捜しできるわけだし。物を鑑定できるでしょ？　役に立つことばかりじゃあないか」

「そ、そっすね……」

なんだろう、気恥ずかしい。彼は……なんというか、すごく純粋な気がした。悪意がまるで感じられない、感情と言葉が直結してるような気がして、それは……すごく心地よかった。

なるほど、エキドナはミクトランさんの、こういうところを好きになったわけなんだな。

「あなたはほんと、人を疑うということを知らないんですから……」

「でもそういうところが好きなんだろ？」

「そ、そういうことを人前で言うところは嫌いです！　ふん！」

☆

俺、ミクトランさん、そしてエキドナの三人は、海底の洞窟を捜索していた。

この洞窟内に迷い込んでしまったという、元守り手の孫、アンリちゃんを捜し出すためだ。

「こっちの通路です」

神眼や闘気は使えないけど、俺の体に本来備わっている鑑定能力を使い子供の足跡を辿(たど)っていく。

「ありがとう、アインくん。君がいて助かったよ」バシュッ。

……ん？　んんぅ？

「あ、あの……ミクトランさん、今なんかしました？」

「え、何かって……ああ、モンスターをちょろっとね」

確かに、通路の端っこにはモンスターがいた。しかもこいつ……。

「か、【鑑定】」

■変幻蛸（カメレオン・オクトパス）（ＳＳＳ）

↓体を自在に変化させることができる。相手を即死させる毒を吐く。

え、え、えええええええええ⁉

「どうしたの？」

「いやいやいや！　え、ＳＳＳランクって！　なんでこんなヤバいのが⁉」

ちなみにＳＳランクは古竜くらい強い。Ｓランクは死熊（デス・ベア）や単眼悪魔など、出会ったら普通死ぬレベルの強いモンスターだ。

ＳＳＳランクってことは、それを凌駕（りょうが）するほど強いってことだ！

そんなのがいること自体おかしいのに、それをワンパンで倒せるなんて……。

「どうなってるんすか……？」

「ふむ？　ＳＳＳランクなんてゴロゴロうじゃうじゃしてるじゃあないか」

「えええええ⁉　マジですか⁉」

「うん。マジです」

きょとん顔のミクトランさん。マジなのか……。

「何驚いてるんだい？」

「いや、ＳＳＳなんて超ウルトラやばいやつ、俺の生きていた時代じゃ全然いなかったっすよ……」

魔族を除けば、一番強いのは古竜のＳＳランクなのだ。

「なあエキドナ。彼の意見をどう思う」

ミクトランさんがエキドナを見やると、彼女はため息交じりに言う。

「この子供が未来から来たと仮定するなら、おそらく未来では色んなものが衰退してるのでしょう」

「衰退……？」

衰えてるってことか……？

「ミクトランが守り手になる前は、ＳＳＳランクが今よりさらにたくさんはびこっていました。ですが、彼が現れたことで、徐々にその数が減ってきてるのです。この状態が続けば、恐らく未来の世界ではＳＳＳランクの数はゼロになるでしょう」

ミクトランさんが現れたことで……？

「え、どういうことだいエキドナ？」

「あなた……強すぎるんですよ。特に、あれを身に付けてからのあなたは、天下無双。いずれあなたは勇者と言われるようになるでしょうね」

……あれ？

あれってなんだ……？

いやでも、そうか。より強い者が現れたことで、SSSランクが滅びたわけだ。結果、未来の魔物は弱体化した……と。

後の勇者の存在が、世界を平和にしていたんだな。

「勇者だなんてそんな。私より強い人ならたくさんいるだろう？」バシュッ……！

またこの人倒した⁉　か、【鑑定】！

■死滅回遊魚（デッド・フィッシュ）（SSS）

↓10000匹の群体で行動する、陸上を回遊する魚。姿を消すことができる。また、触れると即死する。

「10000匹ぃいい⁉」

しかも即死って！　さっきのやつも即死だし！

それを全部、しゃべりながらぶったおすなんて……。

「すごいっすね……ミクトランさん」

「ははは！　いやいや、私は強くないよ。それにまだエキドナを使ってないしね」

……エキドナを、使う？　さっきの【あれ】といい、知らないことが多い。……そうだ、知らないことといえば……。

「エキドナ……さん」

「……なんでしょう？」

あなたって本物ですか、と言いかけてやめる。俺の知ってるエキドナは、二人いる。ひとりはユーリの姉ちゃん。もうひとりは……魔族を率いる、ダークエルフの妖艶な美女。

白い肌の彼女は、どう見てもダークエルフではない。それに人を傷つけて笑うような残忍な性格にも思えない。……となると、本当のユーリの長姉だと思われるが。

「ユーリ……の姉ちゃんなんですよね？」

「そうですよ。それが？」

「あ、いや……同姓同名の知り合いとか……っていないですよね。ダークエルフの？」

エキドナは困惑していた。たぶん知らないのだろう。

「ダークエルフっていえば、先代がそうだよね」バシュバシュバシュバシュッ……！

またこの人しゃべりながら敵倒しとる！
■魔境赤海蛇（レッドオーシャン・スネイク）（SSS）
→体から即死の毒を分泌し、それを目撃しただけでも相手を即死させる毒魚。
しかもまた即死持ちだしぃ！

「先代……？　ああ、ミクトランさんの前の守り手ですか？」

「そうそう。先代も昔は美しい方だったらしいよ」

ふぅん……でも、先代の守り手はこの過去の時間軸において、死亡してる。その未来の世界で、先代が生きてるってのは考えにくいな……。

するとエキドナがミクトランに近づいて、ハンカチを取り出し、彼の頬についた返り血をふく。

その後、ぎゅーっと頬をつねっていた。

「いふぁいよ、エキドナ（えふぃふぉな）。ろーした？」

「別にあなたが他の女を美しいってほめたので、嫉妬したわけではありません」

や、ヤキモチやいてる……。なんだ、割と可愛い人なんだな、ユーリの姉ちゃんって……。

「ん？　ならどうして怒ってるんだい？　ヤキモチはやいてないのだろ？」

こ、この人……天然だ！　どう見てもヤキモチやいてるだろ！　ナンデ言葉通りのことを、信じちゃうんだろうか……。

「馬鹿ミクトラン。もう嫌いです」

「そんな……」

これも額面通り信じてる。結構やばいなこの天然さん……。

しかしへこんでいる彼をほっとけなかった。

「あの……ミクトランさん。たぶんですけど、エキドナさんはヤキモチやいてるんだと思います」

「な、なっ⁉　何を馬鹿な！　私はヤキモチなんてやいておりません！」

「なに、やいてるのかい？　だったらそう言えばいいのに」

かあ……とエキドナは顔を赤くすると、ずんずん先に進んでいく。

「【鑑定】……まずい！　ミクトランさん彼女を止めて！」

「わかった！」

ミクトランさんがまた音もなく消えて、彼女をお姫様抱っこして、その場をバックステップで避ける。

その場に一瞬で、とげの山が出現した。
■奈落雲丹（SSS）
↓間合いに入るまで実在せず、近づいた存在を毒のとげで攻撃する。相手は即死する。

……やっぱり、SSSランクは基本即死の技と、嫌らしい能力を持っている。

「ありがとう、アインくん。助かった！」

彼がこちらに帰ってくるときには、奈落雲丹は跡形もなく消し飛んでいた。

「や、やっぱ……凄え……」

このひと、SSSランクを軽く倒している。凄すぎる……。さすが、後年勇者って呼ばれるようになるだけはある。

「凄いっす」

「いやいや凄いのは君だ。君の鑑定がなかったら、今頃私たちは迷子だし、それに愛するエキドナを失うところだったよ」

しゅうう……とエキドナが顔から湯気を出してる。やっぱり好きなんじゃゃん……。

「あ、の……ミクトラン。下ろして……」

「おお、すまないね」

エキドナは下りると、ささささ、と彼から距離を取った。うほぉん、と彼女は咳払いして言う。

「こ、この子供がわるい子でないことは、認めてあげましょう。ですが、未来から来たというのは、信じられませんからね」

「ありがとうございます、エキドナさん」

俺が頭を下げると、エキドナは照れたように髪の毛をイジりながら言う。

「……エキドナでいいです」

ははは、とミクトランさんが笑う。

「仲良きことは良いことだね」

フンッ、とエキドナがそっぽを向く。どう見ても、この人が魔族を率いてる悪女エキドナには見えなかった。

「じゃあ……俺たちが相手にしてるエキドナは、一体誰なんだろうか……」

それに、これだけ強いミクトランさんがいても、ウルスラはエキドナは枯れた、死んだと言っていた。

精霊は長命で、寿命や病気で死ぬことはない。ということは、誰かがエキドナを殺したんだ。

でも……あり得るのか？　この人外レベルに強い守り手がついていながら、負けることなんて。

「…………」

この過去の時間軸を生きてる彼らに、なんで死んだんですかって質問するのは無意味だ。彼らにとっては未来の出来事、まだ起きてないことなんだから。

でもやっぱり解(げ)せない。ミクトランが死ぬことも、エキドナが魔族を率いるようになることも。

俺の生きてる時間軸と、彼らが今こうして生きてる時間軸の間に、一体何が起きたって言うんだ？

☆

海底洞窟の奥の方までやってきた。どうやらここは、神聖領域にできたダンジョンだったらしい。

ダンジョンは昔からあって、突発的に発生する。今回は領域の海底洞窟が偶然にもダンジョン化したそうだ。……若干の違和感を覚えたが、その違和感の正体を言語化できなかった。

やがて、俺たちはダンジョンの奥へと到着した。

「アンリちゃん！」

広いホールに、俺はどこか見覚えがあった。

奥には大きな結晶体……迷宮核(ダンジョン・コア)があった。

その結晶体の近くに、幼女が倒れている。小麦色の肌に、銀の髪。

「……エキドナ？」

「呼びましたか？」

「あ、いや……あんたじゃなくて……」

一瞬、魔族を率いていたほうのエキドナに、見えたのだ。ダークエルフだし。しかし年齢がちがいすぎる。

俺の知る妖艶な女のエキドナ（偽者）とちがって、倒れている子は、どう見ても幼女だ。

「ミクトラン……！」

幼女はうれしそうに笑う。あの子が……アンリちゃんか。

しかしアンリちゃん、凄いうれしそう。ぱあ……！　と笑顔になった。

「あたしのために、来てくれたのね！」

「もちろんだよ」

「うれしい……あたしのために……危険を冒してまで来てくれて……」

……違和感。そう、違和感だ。何かがおかしい。でも……なんだろう。この感覚。

ミクトランが幼女アンリちゃんに近づく、そして抱きしめる。

「ありがとう……ミクトラン……愛してる……♡」

「あっはは、ありがとう」

よしよし、とアンリちゃんの頭をなでるミクトラン。どっちかっていうと、妹にするような接し方だ。

「アンリ。あなたは、またミクトランを困らせて……駄目じゃないですか」

俺とエキドナが二人の元へ向かう。

……ぞくり。

背筋に、悪寒が走った。エキドナを見るアンリちゃんの目が……。

俺の知ってる、エキドナ（偽）と被ったのだ。どこか、闇を抱えてる瞳。

「……なんでおまえがここにいる？」

さっきまでの媚びた声とは一転して、ドスの利いたような声で、エキドナに尋ねる。

「どうしてって……あなたがいなくなったから……」

「おまえに助けて欲しいなんて、頼んでいない。あたしはミクトランさえいればいいの。消えろ！」

強い言葉でそう言った、その瞬間……。

ぱぁあ……！　と俺とエキドナの足下に、魔法陣が展開した。

「！　これは……」

「エキドナ！　手を！」

エキドナが俺を抱きかかえる。そしてミクトランに手を伸ばす。だが……。

彼の手に触れる前に、彼らの姿が消えた。

気づくと俺たちは知らない場所にいた。

さっきのホールじゃあない。薄暗い光のない部屋だ。

「まさか……転移魔法⁉」

いやでもおかしい。転移は自分を別の場所へ転移させる魔法だし、超高度な魔法のはずだ。使い手は大賢者の職業(ジョブ)を持つウルスラか、空間魔法に長(た)ける黒姫(くろひめ)くらいしか使えないはず……。

アンリちゃんがやったのか？　ウルスラ以上の高度な魔法を？　あんな幼女が……？

「アイン。近くに」

「！　これは……」

俺は気づいてしまった。この部屋にうごめく、無数のそれの存在に。

「【鑑定】」
■無限海蛆(インフィニティ・リギア)（ＳＳＳ）
↓無限に増殖する海蛆(ふなむし)。一匹の強さはさほどではない。即死の毒はもたないが肉食性である。

……なんてこった。ここは……。

「モンスターハウス……！」

ダンジョンでたまに見られる部屋のことだ。踏み込んだ瞬間、大量のモンスターが襲ってくる部屋！

今回は一種類のモンスターしか出てこないようだ。けれど、ＳＳＳランクで、しかも無限に増殖するウミウジだって⁉

「くそ……どうすれば……」

神眼能力も、武器も無い状態。さらに弱体化したこの体で、どこまでモンスターとやり合えるか。

「ぎぎ……」「ぎし……」「ぎぎぎぎ……！」

ガサガサガサ！　と無数のウミウジが襲いかかってくる。

俺が闘気を練ろうとしたそのとき。

「下がりなさい、アイン」

「エキドナ……？」

彼女が俺の前に立ち、両手を広げる。

そして……言う。

「【消えなさい】」

カッ……！　と黄金の光が部屋の中を包み込んだ。

まるで太陽と錯覚するくらいの、強い光だ。

その光を浴びたウミウジは、一瞬にして塵となって消えた。

残されたのは俺と、そしてエキドナだけ。

「す、すげえ……」

「ぜは……！　はぁ……はぁ……はぁ……！」

「！　エキドナ！　大丈夫か⁉」

俺は彼女の側に近寄る。彼女の閉じたまぶたから、血がつつつ……とたれていた。ここから考えられることはひとつ。

「神眼を……使ったのか？」

「……ええ。【時王の神眼】を」

時間を操る力で、どうやって相手を即死させたのかはわからない。でも、ＳＳＳランクを一瞬で消滅させたのは、純粋に凄いと思う。なんて凄い力なんだ……。その分反動もデカいみたいだけど。

「けど……なんで俺を守ったんだ……？　怪しんでたのに……」

「……勘違いしないでください。わたしは人間が好きではありません」

そう……だったのか。まあずっと俺に当たりが強かったもんな。

「ですが……あなたを失うと、わたしの大切な人が悲しむ。だから……助けただけです」

……大切な人、か。ミクトランさんのことを言ってるのだろう。

それほどまでに、彼女は彼のことを愛してるのか。

精霊と人間、種族は違えど、こうして恋人同士になれるんだな……。

……脳裏にユーリの笑顔がよぎる。でも……いや、だめだ。俺なんかじゃ……。

と、そのときだ。

「！　しまった……！」

一匹、ウミウジが残っていたのである。そこから、ボコボコと無限に再生しだしてきた。

あの数を全部消すのは、やっぱり不可能だったのだ。

「もう一度力を……」

ふらつくエキドナを見るに、おそらくあの時王の神眼の力は連発できない。

次使ったらそれこそ……駄目だ！

「エキドナ、ちょっと失礼するぞ」

「え？　きゃあ……！」

俺はエキドナをお姫様抱っこする。身体に闘気をまとわせていた。

どうやら神眼の力は使えないけど、身につけた闘気を操る感覚は、この身体でも再現可能だ。

「ここを脱出する。しばらくおとなしくしててくれ」

「脱出……？　戦うのではなく？」

「ああ、行くぞ！」

闘気を帯びた身体は、爆発的なエネルギーを生む。俺は超高速でその場から離脱。

ウミウジが増殖して俺たちを食らおうと追尾してくる。大量のムシは集まって、巨大な蛇のようにも見えた。

闘気で強化した足で走って逃げているが、今の足の長さじゃ、いずれ追いつかれる。

「それまでに……見つけるんだ」

「見つけるって何を……!?」

「出口だよ……！」

俺は未来で冒険者をやっていた。当然、モンスターハウスについても知っている。

トラップ部屋の一種なのだ、ここは。脱出する方法は二つ。モンスターを全滅させるか、隠されている出口を見つけるか。

モンスターを全滅させればお宝が手に入る。だが俺はそんなのに興味は無い。

　エキドナを逃がすことを最優先とする。

「ぎしし……！」「ぎぎ……！」「ぎしゃぎしし！」

　ムシの群れが不愉快な音を立てながら迫ってきた。

　俺は敵を引きつけて、一気に逆サイドにジャンプする。ぐしゃり、とウミウジどもが床と激突して一時的に行動不能になる。ここだ！

「【鑑定】！」

　俺は部屋全体を鑑定対象とする。すると、ウミウジどもの向こう側に、魔力の反応を感じた。おそらく、脱出のための装置だろう。

「あのムシどもの向こうに出口がある」

「で、ですが……そのためには……あのムシたちを越えていかないと……」

「ああ。……なあ、エキドナ。俺を信じてくれないか？　約束する、あんたを必ず家族のもとへ、恋人のもとへ連れて行く」

　エキドナが俺に疑いのまなざしを向ける。

「どうして……？」

「簡単だ。あんたの家族に、たくさん世話になってるからな」

　俺はこのエキドナこそが、ユーリたちの死んでしまった姉ちゃんだと確信を得ていた。

　さっき能力を使って、俺を守ってくれた。自分を犠牲にしても他人を助けるところは、あの優しい精霊たちとそっくりである。

そんな彼女らの姉ちゃんを、死なせるわけには決して行かない。

……俺のそんな覚悟を悟ったのか、エキドナがうなずく。

「信じます」

「よし……じゃあ行くぞ……！　全開だ！」

俺はこの身体で発揮できる、最大量の闘気を身体に纏う。

身体をぐぐっと縮めて、弾丸のように飛び出す。

「うぉおおおおおおおおおおおおおお！」

ウミウジの大群が俺たちめがけて襲いかかってくる。だが……遅い！　それに……。

「道は見えてるぜ！　【鑑定】！」

俺はウルスラがやったように、ルートを鑑定する。すなわち、ムシどもの隙間を縫って、ゴールへとたどり着くルートだ。

「突き抜けろぉおおおおおおおおお！」

闘気を纏った俺たちは、ギリギリの合間を縫ってウミウジどもを突破。

そのまま俺は、光っている地面に触れる。すると、視界がぶれて……。

俺たちは、さっきいたホールへと、戻ってこられた。

「や、やった……成功だ……！」

帰って……こられた。しかも二人とも無傷だ。良かった……。

「アイン……ありがとうございます」

エキドナが俺から降りて、ぎゅっと抱きしめてくれる。

「あなたを信じて良かった……」

「いや……俺もあんたが無事で良かったよ」

さて、一件落着かに思えた……そのときだ。

「UROROROOOOOOOOOOOOOOO！」

部屋全体が鳴動していた。なんだ……？

声のする方を見て……俺は絶句する。

「！　ま、魔神……だと……⁉」

☆

俺はすでに二体の魔神と戦ってきた。だから、そいつが魔神だってわかった。

「か、鑑定……」
■海魔神ダゴン（？）
↓地上に顕現したばかりの魔神の幼体。毒の触手は触れると魂まで蒸発させるほど強力。

「魔神……ダゴン……！」

巨大なたこのような魔神が、そこにいたのだ。

くそ……！　くそ！　最悪だ！

こんな状態で魔神となんて、戦えない……！

「エキドナ！　アイン君！」

ずさぁ……！　と誰かがこっちにやってきた。

「ミクトランさん！」

アンリちゃんを脇にかかえ、片手に剣を持ったミクトランさんが、そこにいた。

良かった……無事だったのか！

「さっそくで悪いけど、エキドナ。力を貸しておくれ」

「ええ、もちろんです、ミクトラン」

ミクトランさんはアンリちゃんを下ろす。

そして、エキドナに手を伸ばした。

彼らは……手をつなぐ。

「こ、こんなときに何を！　魔神は！　神は神にしか倒せない！　あんたは鬼神化を使えるのか⁉」

「いや、使わないよ、そんな危ない力」

……使わない？　危ない力、だって？

なんだその口ぶりは、まるで、違う戦い方を知ってるかのようじゃないか。

「エキドナ。いつもごめん。今日も無茶をする、私を赦(ゆる)しておくれ」

「……仕方ありませんね。赦しましょう。そして……ともに」

「ああ、ともに」

ふたりが、ぎゅっと手に力をこめる。その瞬間、彼女らの身体が光り出した！

な、なんだ……この……温かい光……！

「……くそ、死ね、くたばれ」

……誰かがそう呪詛を吐いた。その言葉はすぐ隣、アンリちゃんから聞こえたように思えた。

でもそれも一瞬のこと。

二人の身体が強く光り……そして……。

「「霊装展開……！」」

ホール内が、まるで真昼のように、強い光で包まれ、俺は目をつぶった。

でも……温かい光だ。まぶたを開けると……。

そこには、見たことがない、翡翠の髪をした男がひとり、立っていた。

服装も、どこか神聖さを感じさせるものへと変化している。

髪も身体も着てる衣装も発光し、自然と宙に浮かんでいる。

「な、んだ……その力……その、姿は……！」

神々しい光と、神聖なる力を、彼から感じる。

鑑定するまでもない、そこにいたのは……。

「神……」

俺たちが漠然とイメージする、神ってやつが、そこにいたのだ。

だが振り返ってこっちを見てきたそいつは、ミクトランさんだ。

傷で潰れていた左目が、開いている。黄金の瞳はエキドナさんのものだ。

「そこで見てて。一瞬で決着がつくから」

そう言って彼は両手を横に広げる。

「UROROOOOOOOOOOOOOOO！」

魔神ダゴンが雄叫びを上げると、無数の触手を展開した。

それは目で追えないほどの速さ、そして物量をもって、ミクトランさんを押しつぶそうとする。

だが……一瞬で大量の触手が消し飛んだ。

「な、は、速い……！」

今は神眼じゃないけど、俺もそれなりに敵と戦ってきた。いろんな速い敵の攻撃を見てきたが、
今のは……もう格が違った。人間が知覚できるレベルを超えた、高速の斬撃。

ミクトランさんの片手には一本の大剣が握られていた。

翡翠に輝く美しい剣を、彼が上段に構える。

「はぁあああああああああああああ！」

刃が、強く輝き出す。その光は、さっき見たエキドナの使った、神眼の光。

……まさか。いや、まさか。

「二人が……合体したのか……？」

エキドナが姿を消し、ミクトランさんは別の次元の存在になっていた。

考えられるのは二人が合体して、神に……なったってこと。

「ＵＲＯＯＯＯＯＯＯＯＯＯＯＯＯＯＯＯＯＯＯ！」

ダゴンは触手を圧縮し、そのエネルギーを前方に発射する。

ミクトランさんは避けない。頭上に構えた剣を振り下ろす。

「陽光聖天衝（ようこうせいてんしょう）！」

俺はとっさに、アンリちゃんを抱いて地面に転がった。

すさまじい衝撃波がホール内に響き渡った。

太陽のエネルギーが、まんま再現されてるかのような、強すぎる衝撃。

光はダゴンの身体を貫いたあと、そのままホールの天井をぶち破った。

……静寂が、訪れる。

☆

「勝った……のか……？」

ダゴンは消し飛んでいた。そこには、一個の玉みたいなものが浮かんでいる。

ミクトランさんがため息をつくと、玉はひび割れて消滅した。

「やっぱり、まだ未完成か。完全消滅させることができない」

「そうですね……今回の魔神は幼体だったから、今の霊装でも撃破できました。完全な魔神と戦う場合は、魔神核の状態にして、かつ世界樹の力で封印するしかありませんね」

「完全な魔神と出会わないことを祈るしかないね、今は」

彼の身体が光って、隣にエキドナが出現する。やっぱりだ、二人は、合体してたんだ。

いや、待て。いやいや、待って！

「み、ミクトランさん！　身体は？　平気なんですか！」

そう、神の力は人間には扱えないやばいものだ。

俺も鬼神化を使うとそのたび、もの凄い反動で、動けなくなる。

しかし魔神を消し飛ばしたミクトランさんは、あっけらかんとしていた。

「うん、大丈夫。心配かけてごめんね」

……馬鹿な。魔神を倒したってことは、さっきのは神の攻撃だったのだ。

どういう理屈かわからないけど、ミクトランさんは、神の力を使った。

なのに……彼は反動を受けてるようには思えない。

「こ、これだ……これだよ！　俺の……理想！」

神の力を使っても倒れない。今の力を……俺は身につけたい！

「ミクトランさん！　今のなんですか⁉」

「今の？　霊装のことかい？」

「霊装……？」

「うん。霊的な存在と心を一つにすることで、神となる奥義だよ」

霊的な存在……精霊か。精霊と合体して神になれるのか！

そんな方法があったなんて……！

「霊装。これを身につければ、俺は……」

ふらり……と俺の身体から力が抜ける。

「あ、あれ……？」

「アイン君！」

ミクトランさんが近寄ってくる。そして、俺を抱き起こしてくれた。

「大丈夫かい⁉」

「あ、は、はい……って、あれ？　身体が……透けてる……？」

俺の下半身が透けていた。

「どうやら……もうお別れのようだね」

「そ、そんな……！　俺……あなたにまだ聞きたいこと、たくさんあるのに……」

霊装。過去の世界のこと。精霊たちのこと。

まだまだ、俺は知りたいことばかりなのに……。

「大丈夫、きっとまた君と会える」

「…………」

エキドナさんが黄金の目を見開いていた。何か考え込んだ後に言う。

「彼に剣を与えてください」

「？　わかった」

ミクトランさんは魔法紋から剣を取り出して、その一本を、俺に握らせる。

「この聖剣を、君に託す」

「聖剣……」

「うん。神器っていう特別な武器の一つさ。これは、君が使ってくれ」

美しい、翡翠の刀身をした剣……聖剣。って、神器！　そうだ、マリクが言っていた、すごい武器のことじゃあないか！　手に入ってラッキー……いや。

「どうして俺に？」

「……いずれ必要になる未来が、見えたのです。それを使いなさい」

未来が……見えるだって？

「エキドナの目は本当にたまにだけど、未来を見せるのさ。もっとも、本当に突発的、かつ断片的で、ほとんど意味のない情報になってしまうんだけどね」

なるほど、未来の一部が見えるだけってことか……。

俺は……彼から剣を受け取ると、ふたりに頭を下げる。

「ありがとう、ございました。色々……勉強になりました」

先輩の守り手、そして……ユーリの姉ちゃんに、俺は感謝の意を伝える。

「こっちこそ、エキドナを守ってくれてありがとう。彼女を失ったら……多分、私は死んでしまうところだったよ」

「そんな大げさな……」

だが、そう言ってる彼の顔は、辛そうな表情をしていた。それくらい深くエキドナを愛してるんだろう。

「ありがとう、アイン。この借りは、必ずあなたに返します。どんな手段を使っても」

「エキドナ……」

……あなたは死ぬんです、と言うべきだろうか。いや、過去に生きてる彼らに、そんな呪いの言葉を残していくのは、良くない。ずるいだろう、未来からネタバレくらうなんて。

「ありがとう。ユーリたちによろしく言っておいてくれ」

「ええ。必ず」

……そして、俺は消える間際に見た。

アンリちゃんと呼ばれた、ダークエルフの幼女が……。

「おまえのせいで、この女を殺せなかったじゃないか。余計なことを」

……ぞっとするような、恐ろしいセリフを吐いたところを。

その背後に、黒い靄のようなものが発生してた。俺をにらみつけるその目には……明らかな殺意と憎しみが込められていた。

……なんか、知らないが……ヤバい。アンリは……やばいやつだ。早く……手を切った方が……。

だが全てを言い終える前に、俺の意識は、ぶつりと切れた。

☆

「アインさん！　アインさん！」

「ん……ああ……あれ……？　ここは……」

目覚めると視界に飛び込んできたのは、金髪の美しい少女……ユーリ。

彼女の翡翠の瞳にうれし涙が浮かぶ。がばっ、と彼女が抱きついてきた。

「アインさん……！　良かった……目が覚めて……」

「ユーリ……」

……いったいなにがどうなってるんだ。ユーリは泣いてるし……って、あれ？

俺は自分の左手に、魔法紋が浮かび上がってるのがわかった。

……窓ガラスに写るのは、普段の俺の姿。十五歳の俺の身体に戻っている。

「アイン。良かった、心配したのじゃ」

「ウルスラ……」

部屋の中には俺とユーリ、そしてウルスラの三人しかいない。

豪華な天幕のベッドに寝かされていた。

「ここは……？」

「ゲータ・ニィガの王都、城の中じゃ」

「城……？　あれでも、俺たちは蓬萊山に向かってたんじゃ……」

ふぅ、とウルスラが腕を組んでため息をつく。

「おぬしが倒れてる間に、色々あったのじゃ」

そういって、ウルスラがことの顚末（てんまつ）を話してくれる。

まず、エア・バードに乗って、俺たちは蓬萊山へと向かった。

霧に包まれているその島に突入した途端、俺は一瞬、消えたそうだ。

「消えた⁉　なんで……？」

「わからぬ……だが、おぬし自身はすぐに戻ってきた。そのときには蓬萊山も消えておったのじゃがな……」

その後俺は眠り続けたらしい。王都へと移動し、こうして安静にすること一週間、ようやく目が覚めたということだった。

「アインさん……ずっと目を覚まさなくて……死んだみたいに……」

ユーリがめそめそと泣いてる。……なんてことだ、また泣かせてしまった。

俺は……この子を笑顔にしたいのに……。

「……そうだ。俺、変な夢を見たんだ」

「夢じゃと？」

「ああ……」

俺は夢の中であったことを話す。ミクトランさんに会ったこと、エキドナとの出会い。

魔神との戦いと……霊装について。

「ミクトランと会ったじゃと……？　じゃが、あやつは……」

「ああ、死んだんだろ？　それにエキドナは枯れたっていうし……」

「つまり……おぬしの意識は、いにしえの時代にまで飛んでいた、ということじゃろうな」

……いにしえの時代。勇者ミクトランがいて、魔族たちと戦っていた頃。

遠い昔の場所に俺はいたのだ。

「しかし解せぬな。おぬしが本当にミクトランと出会っているのであれば、わしら守り手にその情報が共有されているはずじゃろ？」

「た、確かにそうだよな……怪しい子供が突然、ユーリたちのいた領域に現れたなら」

「うむ……じゃが、そういった話は聞いたことがなかったのじゃ」

ユーリはおずおずと手を上げる。

「わたしも、エキドナ姉さまから、アインさんのことは聞いてなかった……と思います」

……精霊にも、守り手にも、俺の話はいってなかった？

じゃあ……あれは、なんだったんだ？

「本当に夢幻だったのかな……」

と、そのときである。

「アイン！　目ぇ覚めたってな！」

ドワーフの女王マリクが俺の元へとやってくる。手には大きな布に包まれた何かが握られていた。

「マリク。すまねえ、心配かけさせて」

「良いってこった。それよりアイン。こいつのことなんだが」

マリク女王は布を取り払って、俺に持っていたそれを見せてきた。

「！　これは……神器！　ミクトランさんの使っていた聖剣だ！」

俺は鞘から剣を抜く。美しい翡翠の刀身。間違いない、彼が使っていた武器！

「でも……どうしてこれを？」

「アイン、忘れちまったのか？　あんたが蓬萊山で一瞬消えた後、その手に握られてたんじゃあねえか、そいつが」

……じゃあ、本当にこれはミクトランさんからもらったもの？

「しかしすげえな神器。すさまじい技術力だ、今の時代の職人じゃ作れん代物だな」

「本物かの、これは？」

「あちこち調べたが、そいつは本物の神器だよ。おれが保証しよう。そんで……そいつを引き抜けたってことは、アインは選ばれたんだ、聖剣に」

神器は使い手を選ぶとマリク女王は言う。俺はこの剣を使う資格があると。

「その剣ならアイン、今のおまえさんの全力に耐えうるだろう」

「…………」

ミクトランさんとの出会いは、夢なんかじゃなかった。俺は覚えている。彼らと過ごした時を。

彼らの、幸せそうな笑顔を。

……そして、俺は見たのだ。不遇職の俺が、たどり着くべき場所。

霊装。精霊と合体し、神に対抗するため、神になる技術……。

「どうしたんですか、アインさん……？」

「ううん……なんでもないよ、ユーリ……」

精霊との合体。そんなことが可能なのだろうか……。

いや、やるんだ。ユーリのために、もっと強くならなきゃいけないんだ。

３話　鑑定士は焦る

アインが蓬莱山に行ってからしばらく後、ユーリ達はレーシック領にいた。

精霊姉妹達七名は、領主の館の談話室にて、ババ抜きをしていた。

「むむぅ……ゆーちゃん、ババはどれでしょー？」

メイがユーリの手札を見つめる。

「めーちゃん……ババはこっちですよ♡」

残り二枚のカードのうち一枚を、ユーリが指さす。

「ほんと！　じゃあこっちがセーフなやつだ！　てりゃー！」

ひょいっ、とメイがカードを抜く。

「やったー！　めーのかち～！」

「めーちゃんの勝ち～♡」

「ゆーちゃんありがとー！」

メイがユーリの胸に飛び込む。よしよし、と妹の頭をなでるユーリ。

「ユーリ姉ちゃんそれでいいの……？　負けてるんだけど……」

マオが呆れたように二人のやり取りを見て言う。

「ま～マイシスターらしいね～」

クルシュがニコニコしながら妹たちを見ていた。

と、そのときである。

「失礼、お嬢さん方」

「あー。いけめん金持ちジャスパーじゃーん☆　どったの？」

豪商ジャスパーがアインの屋敷を訪ねてきたのである。

「少年に会いに来たのだが」

「おにーさんはドワーフ国で修行中だよ。蓬萊山から帰ってきた後、カノンママと話があるって」

ふむ？　とジャスパーが首をかしげる。

「君たちは少年のそばから離れられないのではなかったのかね？」

精霊は世界樹の元を離れられない。

本来なら世界樹のホールから一歩も出られないところを、精霊核を義眼とすることで、アインのそば限定で外に出られるようになった。

とはいえアインのそばから一定以上離れることができないという制限があったのだが。

「……私たち全員、単独行動スキルを手に入れたから」

「ほう……それは確か、ミス・クルシュたち上位精霊しか持たないスキルでは？」

「そこで、にゃーの出番ですにゃー！」

カノンが立ち上がって、じゃん！　とピースする。

「にゃーの能力【付与(エンチャント)】！　これは、術者の能力を他人に付与する力にゃ！」

カノンの説明を聞いただけで、ジャスパーはすぐに察したような顔になる。

「そうか……ミス・クルシュの単独行動スキルを少年がコピーする。そしてカノンさんが、それを精霊のお嬢さんたちに付与した」

「にゃ！　そんで自由を手に入れたのにゃー！　と言っても、付与できる時間は限られてるから、無制限に単独行動できるわけじゃにゃいんだけどねー」

それでも、自由に外を動き回れるようになったのは、彼女たちにとっては進歩であった。

「そうか。しかし……単独行動スキルを付与してまで、修行するなんて。よほど……自分を追い込んでるのだね」

みな、感じていたことだ。

ここ最近のアインはずっと強くなろうと躍起になっているのだ。

トール戦のあと修行して強くなったと思ったら、また修行に明け暮れてるのだ。

「アインさん……」

彼が強くなろうとしているのは、ユーリたち精霊を危険にさらさないため。

それがわかってるから、ユーリはもうやめてと言えないでいた。一人で強くなろうとし続けるその姿勢はどこか痛ましくて、見ていられないし、申し訳ない。

「……なにか、してあげられないかな」

と、そのときだった。

「ユーリ！」

ウルスラとともに、アインが転移してくる。彼は近づいてくると、ユーリの手をつかむ。

「ど、どうしたんですか？」

修行中の彼がいきなり来たことに驚いた。そしてみんなの前で大胆に、彼が自分の手を握ってきたことに驚きながらも、しかしうれしかった。

「一緒に来てくれ。おまえが必要なんだ」

ぱぁ……とユーリの顔に笑顔が戻る。彼が自分を求めてくれる。今まで何もお返しできていなかったから、何かしてあげられるかもと思って、うれしかった。

「はい！」

「ひゅ～☆　だいたーん！」

はやし立てつつもピナも笑顔になる。アインの煮え切らない態度に今までずっといらついていたからだ。けれど彼は今姉を、理由はわからないが、自分から誘っていた。その成長と、姉が喜んでることがうれしいのである。

アインはユーリを連れて、ウルスラとどこかへ転移する。

「…………」

アリスはそれを見てうつむいて、けれど小さく息をつく。

「あぃすちゃん、どーしたの？」

「……ううん、何でもないわ、メイ。これでいいの。私はこれで」

ピナは少し暗くなった雰囲気を変えるべく、ぽん、と手をたたく。

「せっかく外歩けるようになったんだしさ、みんなで外にご飯食べにいかなーい？」

「「「いいねー！」」」

クルシュ、アリス、カノン、ピナ、マオ、そしてメイの六人は外に出て行く。

部屋にユーリを送り届けたウルスラがちょうど戻ってきた。

「ミセス・ウルスラ。君にこれを渡しておくよ」

ジャスパーは懐から巻物を取り出して、ウルスラに手渡す。

「なんじゃこれは？」

「残りの姉妹のいそうな場所のリストだ。正直全世界を捜して、残っている場所はここくらい。いるとしたらこの火山だろう」

ウルスラはジッと目を通してこくんとうなずく。

「協力感謝する」

「気にしないでくれたまえ。私は心のままに行動してるだけだ」

「失われた精霊核を集めたい、だったかな？」

豪商ジャスパーが協力的なのは、アインが精霊核を持っていたから。彼は世界中の宝石を自分の手で集めたいと思っているらしい。

だが彼はフッ……と笑う。

「前はそうだった。精霊核のためだった。でも……今は違うよ。純粋に、彼のためにって思ってる」

ジャスパーにも心境の変化が訪れている様子だ。

「大切な人のために一人戦う彼の気高き魂に、私は惚れてしまったのだよ。それはどんな宝石よりも美しい」

「ジャスパー……」

ウルスラは彼の言動を見聞きし、頭を下げる。

「すまなかった。わしは、おぬしを利用することばかり考えておった」

世界樹の探索には、豪商であるジャスパーのツテが役に立つと思って、アインに彼と手を組むように言っていたことがあった。

「気にしなくて良いミセス。私もまた自分のために彼を利用していたようなもの。お互い様だよ」

ふたりは顔を見合わせて笑う。

「ところで……そうだ。人と場所を貸してもらえぬかの」

「？　構わないがどうしてだい？」

ウルスラは真剣な顔で、ジャスパーに言う。

「魔神の核を、調べたいのじゃ」

☆

蓬莱山から帰ってきたあと、再び白猫に修行をつけてもらうようになって、一週間が経過。

「いくぞ……ユーリ」

「はい……アインさん」

世界樹カノンの前に、俺とユーリが立っている。

剣を持ち構える俺。そして……その後ろから、ユーリが俺をハグする。ふわり……と彼女の甘い香りが鼻腔(びこう)をくすぐった。温かい、すぐ近くにユーリを感じる。

「そう……そうでござる。ゆっくり……魂を重ねるのでござる」

俺の前には守り手・白猫がいる。そう、これは修行なのだ。あらたなる力を得るための修行。だから……決して甘い気持ちになんてなってはいけないのである。

「アイン殿とユーリ殿の心を、魂の波長を合わせる感じで……」

心。魂。なんとも抽象的で、わからない概念だ。俺はユーリに意識を集中する。

「ユーリ殿。ゆっくりと霊体をアイン殿に重ねて」

「ん……く……」

ユーリから温かい体温が伝わってくる。春の日差しのような暖かさが、俺の中にゆっくりと。

ばちんっ！

「きゃあ！」

振り返ると、かなり離れたところにユーリが尻餅をついていた。やべえ！　怪我(けが)でもしたら！

「だ、大丈夫か⁉」

急いで彼女の元に駆け寄る。

「はい、大丈夫です♡」

良かったぁ。見たところ怪我もないみたいだし、ホントよかった。結構強くはじかれたからな。

「でも……ごめんなさい。また……できませんでした。れーそー」

霊装。ミクトランさんが使っていた技だ。精霊と一体化することで、神に対抗できるようになる。

「うーむ、駄目でござったか」

白猫が首をかしげながら俺たちのもとへやってくる。

「おかしいなぁ……ユーリ殿とアイン殿なら、すぐに会得できると思ったのでござるが」

師匠の見立てから外れている。どうしようもない焦燥感に駆られていた。物を斬る極意は割合すぐにできたというのに……。この霊装だけは、できない。

「あの……はくびょーさん。れーそー。もう一度教えてくれませんかっ？」

ユーリもまた、どこか焦ったように言う。自分に負い目でも感じてるのかも知れない。違う……違うよユーリ。上手(うま)くいかないのはおまえのせいじゃない。俺が……駄目なんだ。

「霊装は拙者とエキドナ殿、ミクトラン殿の三人で考案した、対神戦を想定した技術でござる」

蓬莱山から帰ってきた後、俺は白猫に霊装のことを聞いたのだ。

「霊的存在と一体化することで、自らの肉体を神と同質のものに変える。単独で神となる技術が鬼神化なら、霊装は二人で神になる合体技でござる」

「その方が身体(からだ)の負担が軽いんだろ？」

「そうでござる。神の力は人間の肉体という器には入りきらないらしいでござるからな」

なるほど……だから鬼神化の後、すごい反動が来るのか……。

「でも、じゃあなんで最初から霊装を教えてくれなかったんだよ」

「申し訳ない……しかしあれができるのはミクトラン殿だけでござって……」

「あ、いや……責めてるんじゃあないんだ……ごめん……」

白猫でも霊装は会得できなかった……ってことか。

霊装。精霊と合体する。それだけ聞くなら簡単そうなのに、剣の達人である白猫すら使えないなんて……。

「しかもミクトラン殿でも、結局最後まで、霊装を完璧には仕上げられなかったのでござる」

「どういうことだ？」

「トール戦を思い出して欲しいでござる。あれは、封印されていたでござろう？　霊装をまとったミクトラン殿でも、完全な魔神を撃破するまでには至らなかった」

そういえば、言ってたな。トールを倒せなかったから、ミクトランさんと世界樹カノンの力を使って封印したって……。

「理論上、霊装を身につけられれば神と対等に戦い、そして撃破できるはずでござる。しかし精霊と合体するのはかなり難しいのでござる」

難しいとどうして言い切れるのかと思ったんだが……。技の開発に白猫もからんでるからだった。

彼女は指を立てて言う。

「心を通わせた精霊しか、纏うことはできぬのでござるよ」

心を通わせる……か。ユーリとは長い時間一緒に過ごしてきた。彼女のことを理解できていると思っていた。だから、霊装も簡単にできるだろうと……。

だが結果は、一週間経っても上達の見込みがない。

「虎神一刀流の型は、アイン殿の鑑定もあり全部覚えられたでござるが、しかし霊装はそうもいかぬのでござるよ」

今までの技術と違って、なんだか精神論的な部分が大きい。

心を通わせるなんて、どうすりゃいいんだよ……。

「ごめんなさい……」

ユーリが申し訳なさそうに肩を落として言う。あ、し、しまった……顔に出てたのか。

「……わたしのせいで」

「い、いや！　ユーリのせいじゃねえよ！　俺が……」

と言葉で言っていても、誰が悪いのか、俺には責任の所在がわからないでいた。どうして俺たちは心を通わすことができないんだろう。一緒に旅をしてきたって言うのに。なんで……。

と、そのときだった。

「困ったときはアタシにお任せあれ☆」

「ピナちゃん！」

俺たちの元へ、ユーリの妹、ピナがやってきた。

「話はカノンお姉ちゃんから聞いたよ。心が通わせられないで困ってるって！」

トール撃破後、俺はカノンの精霊核をこの眼(め)に取り込んでいる。だがこのカノンの本体である世界樹とも、カノンは意識を通わせることができるらしい。

世界樹のホールで修行してるんだ、カノンに聞かれててもおかしくない。そこからピナに話がいってもな。

「男女が心を通わせる簡単な方法……このピナちゃんが伝授しよう！」

「なに！　本当かピナ！」

「もっちろーん☆」

簡単な方法があっただなんて……！

「教えてくれ！」「おしえてください！」

にまー、とピナが笑う。……なんだか嫌な予感がした。こいつがこの、いたずらっ子みたいな顔をするときは、ろくな事が無い……。

「食らえ！　ピナちゃん最強幻術☆　【淫蕩の揺籠(サキュバス・クレイドル)】」

その瞬間……俺たちの意識が途絶える。

……そして、次の瞬間。

「んえ……？　ここ、どこだ……？」

俺は知らない場所に立っていた。

全体的にピンク色の空間だ。豪華な宿の一室みたい。でかいフリル付きのベッドに、なんかよくわからないオモチャがあちこちに落ちてる。

「こ、ここ……ここは！　ら、ららら、らぶ……らぶ……きゅー……」

いつの間にか俺の隣にはユーリが立っていた。顔を真っ赤にしてくずおれる。

「お、おい！　大丈夫か⁉」

「は、はひぃ～……」

顔真っ赤のユーリ。なんだ？　何が起きてるんだ……？

『せつめーしよう！』

「うぉ！　びっくりした……」

脳内にピナの声が突然響いてきたのだ。どことなく、楽しげだ。

『わが最強の幻術へようこそ！　そこはアタシが作った幻術……精神世界の中さ！』

一瞬で精神世界に引きずり込まれた訳か。……なんか、すげえ。あいつこんなこともできたのか。

『ママの結界とアタシの幻術のコラボレーション！　その世界に引きずり込まれた男女は最後！ある条件を満たさない限り、絶対に外には出られないのだ！』

俺は部屋の出入り口らしき場所にくる。

触れようとすると……ばちんとはじかれた。どうやらただの幻術じゃないようだ。黒姫の結界も混ざってるのか……どうりで簡単に出られないわけだ。

「ぴ、ピナちゃん……条件って？」

『うむ。お姉ちゃん……それはね……くわっ！』

一拍おいてピナが言う。

『えっちすること、だよ！』

……………………………はい？

『えっちだよえっち。名付けて！　【えっちしないと出られないお部屋☆】』

「…………」

『外に出て修行したいのなら今すぐお姉ちゃんとえっちするのだー。あ、でも安心して。そこは精神世界だから、現実の肉体には何も影響しないから、思う存分えっちを楽しんで……』

「ふざけるのも、大概にしろよ」

俺は、自分でもびっくりするくらい、低い声が出ていた。

びくんっ、とユーリがおびえた表情になる。そして、ピナが息をのむ音もまた聞こえた。……だが、それでも、俺はこの体にうずまく、怒りの感情を抑えることができなかった。

俺は部屋の出入り口に手を置く。

「神鑑定(しんかんてい)」

すぅ……と世界が真っ白に変わる。俺たちを包み込む結界の弱点の線が見える。これが結界で作られているのなら、脱出は簡単だ。結界を壊せば良い。

つつぅ……と俺は線をなぞる。それだけで、あっさりと結界は破壊された。

「ど、どうして……四神と、精霊の力を、フルパワーで注ぎ込んだ最強の結界なのに……」

「物を斬る極意を身につけた俺にとっちゃ、こんなオモチャ、簡単に壊せるよ」

「オモチャって……」

ピナが俺を見てびくんっ、とおびえた表情になる。

「おまえ……ふざけんなよ。なんだよさっきの！」

知らず、声を荒らげていた。

「なにがえっちしないと出られない部屋だよ！　俺は真剣だったんだぞ⁉」

俺は本気だ。ピナが、ユーリと心を通わす方法を教えてくれるって言ったから、信じたんだ。

ピナは俺の成長を助けるためにやってくれてるって。……でも、結局はいつものおふざけだった。

普段なら笑って流せるさ。でも……今は状況が違う。それに……。

「ユーリとそんなこと、できるわけないだろ……！」

俺の声がホールに響き渡る。そうだよ、ユーリは大事な女の子なんだ。そんな、手を出す事なんてできるわけがない。

「な、なんだよ！　おにーさんのばか！」

「なっ⁉　ば、バカって……」

「バカだよ！　この大馬鹿野郎！」

ピナもまた怒りを爆発させる。

「ま、まあまあ二人とも、ケンカはやめるでござる……」

白猫が仲裁しようとするが、俺はこの子をゆるせなかった。

「何がバカなんだよ！」

「そーやって！　おにーさんはユーリおねえちゃんのこと、無自覚に傷つけてるのがわからないの！　そんなおにーさんがバカだっていったの！」

「俺が⁉　いつ傷つけたんだよ！」

「今だよ！　今まさに！　見てみなよおねえちゃんの顔！」

振り返って……俺はユーリを見やる。彼女は……ぽろぽろと泣いていた。

……一気に、頭にのぼった血が引いていく。

「ゆ、ユーリ……ど、どうしたんだよ……」

彼女は何も言わずに、首を振って出て行った。……いつもなら、ケンカしてたら仲裁に入る彼女が。何も言わずに、ただ泣いていた。どうして……？

「ばかっ！」

ばちん！　とピナが俺の頬をたたく。

「バカバカバカ！　おにーさんの大馬鹿野郎！」

ピナが何度も俺の頬をぶってきた。

「わっかんないのかよ⁉」

「わ、わからないよ……」

一度冷静になった俺は、激高するピナに、ただ気圧(けお)されるだけだった。

「おねえちゃんは……おにーさんと、肌を重ねたかったんだよ。えっちしたかったんだよ！　どうしてわっかんないの⁉」

そ、そんな……。ユーリが……？

「いや、そんなこと……だってあいつは……そんなことするやつじゃないだろ」

「その決めつけがバカって言ってるの！　おねえちゃんだって……女の子なんだよ！　普通の！恋する！　女なの！　どうしてわかってくれないの⁉」

ピナが何度も、俺の胸をたたく。

鍛え抜かれた俺の体は、ピナのパンチごときじゃ痛みを感じない。でも……心が痛かった。

「おねえちゃんだってご飯を食べるし、人並みに恋するし！　むらむらするときもあるし……男の人と一緒にベッドにって、思うこともあるんだよ！」

「で、でもユーリは、違うだろ。そういう子じゃないだろ……だって……だってあの子は……」

俺の命を救ってくれた恩人だ。困っている人がいたら誰にでも手を差し伸べる、博愛主義者で、まるで。

「おにーさん……あんた、おねえちゃんを神様か何かだと、思い込んでるんじゃないの⁉」

どきんっ！　と心臓が体に悪い跳ね方をした。

……思い込んでるもなにも、俺はユーリを、そうだ。女神とでも、思っていたんだ。

ピナから指摘されてはっきりした。俺は……会ったことのない光、闇の女神様よりも……。

奈落で消えかけていた俺の命の灯火を、優しく包んで、また輝けるようにしてくれたあの子のことを……。女神様みたいだって、そう思っていた。

「……ばかおにーさん。そんな、図星みたいな顔すんなし」

どんっ、とピナが俺の胸を叩く。

「心を通わせる？　笑わせないでよ。おねえちゃんのことなんもわかってないおにーさんが、おねえちゃんを女の子って思ってないあんたが……心を一つに重ねられるとでも？」

俺は、何も言い返せなかった。違うと否定したくても、俺は現に霊装ができていない。

心を通わせられてない。

「ごめん、言い過ぎた。……でももうちょっと……おねえちゃんの、わかってくれてるって、信じてたんだけどな」

ピナの声はどこか失望を孕んでいるようだった。冷たく言い放たれた言葉と……そしてユーリの涙が、いつまでも脳裏にこびりついて離れないのだった。

☆

アインが悩んでいる一方その頃。

魔界でもまた一人、晴れない悩みを抱える魔族が居た。

魔王城の裏手に存在する採魔石場にて。

ここは魔石と呼ばれる、魔道具を動かすエネルギーとなる鉱石を掘り出す採掘場だ。

しかしとても固く、専用の魔道具を使わないと採掘は不可能とされている。

「ああくそ！　くそが！」

その魔石を素手で砕く男がいた。

リドラ。竜人の魔族であり、七魔公爵最強の存在。

「全く腹立たしい！　いらいらする……！　いつまで経ってもあのサルをぶち殺せないのがよぉ！」

リドラは二メートルの巨軀に、鋼のような筋肉と、肌を覆う竜のうろこを持つ。それは最強の攻撃力と防御力、二つを兼ね備えた、最強の存在の証明。

自分が地上で最も強い男だと信じて疑わない彼にとって、魔族を次々と葬り去る人間、アインの存在は度しがたいことこのうえなかった。

「ふふ、いらついてるわねリドラ」

「エキドナぁ……」

振り返るとそこには、魔王の副官エキドナが居た。余裕の笑みを浮かべながら近づいてくる。

リドラは、エキドナに対して敬称呼びしない。それはリドラに、物理的な強さを持つ者にしか従わないという信念があるからだ。エキドナの強さは未知数とはいえ、腕力ではリドラの方が上だ（と思っている）。

「げ、げひひ……ふ、ふ、不敬だぞぉ、り、リドラ……！」

エキドナの後ろには、陰気な女Ｑがいた。

リドラから隠れるように立っている。

「え、エキドナ様だろうが！」

「あ？　うっせーよ。オレ様は別にエキドナに従ってる訳じゃあねえ。敬意を払うのは、魔王ミクトラン様だけだ」

「な、なにぃ～！」

憤るＱをエキドナがなだめる。

「いいのよＱ。リドラは特別だから」

「え、エキドナ様……」

ぽっ、と頬を赤く染めるＱを見て、リドラが吐き捨てる。

「気色悪ぃ女だな」

「う、う、うるさい……！　ゆ、百合も理解できんのか、こ、この脳みそ筋肉トカゲ！」

「あ？」

ぎんっ、とにらんだだけで、Ｑが吹き飛んでいく。エキドナはそよ風でも受けてるかのごとく余裕の笑みを浮かべていた。

「さすが竜人ね。にらむだけでこの闘気量なんて」

竜とはモンスターたちの頂点。竜人は竜が進化した姿。リドラの先祖は古竜の中でも特に強さを持っていた種族が、進化したもの。

「七魔公爵最強は、伊達ではないわね」

「ちっ！　そんなおべっかを言いに来たのかよ」

「いいえ。私はあなたに良いことを教えてあげようと思ってね」

「ああ？　良いことだぁ……？」

にんまりとエキドナが笑って言う。

「アインが魔神を倒したわ。それも二体もね」

リドラが目をむく。聞き捨てならないことを、彼女が言ったからだ。

「嘘だろ？」

「いいえ、本当よ？　魔神。あなたの人生に、二度目の敗北を与えた魔神を、人間ごときが倒したのよ」

リドラは自分が最も強いと思っている。しかし彼は二回負けたことがあった。一度目は、魔王ミクトラン。そして二度目は魔神。

そう、魔神と戦ったことがあり、そして負けてしまったのだ。以後、魔神との再戦を望んでいたのだが、魔神の所在がわからずにいらついていたのである。リベンジを誓っていても、倒すべき相手がいないのならどうしようもない。

「ふざ……ふざけるな！　サルごときが！　魔神を倒しただとぉおおおおおおおおお!?」

彼の怒りが体から赤い闘気となって噴き出す。魔石の採掘場が、闘気だけで粉々になった。

「もう、イケナイ子ね。大切なエネルギー源なのにこれ」

「んなのどうだっていいんだよぉ！」

リドラはエキドナに詰め寄って、見下ろしながら言う。

「魔神を倒したのは本当なのか⁉」

鬼気迫る表情でエキドナをにらみつける。一方で彼女は、この恐るべき大男に、まるで射殺すばかりににらまれているというのに笑っていた。

「ええ。ドワーフ国に封印されていた魔神トール。そして空の国にいたドゥルジ。アインは二体を見事倒したわ。人間なのに凄いわねぇ……あら、魔神に負けた魔族が居たわね」

暗にリドラを非難しているエキドナに、リドラは拳を振り下ろす。

ぼっ……！　という音とともにエキドナの体が吹き飛んだ……。

「あら酷い」

後ろを振り返ると、エキドナが無傷で立っていた。確実に仕留めたはずだったのだが……。

「リドラ。残念ね。魔神にリベンジしたくてずっと鍛えてたのに」

くすくすと笑うエキドナに不快感を覚えるリドラ。だがそれ以上に、自分を負かした相手を、人間が倒した事実を認めたくなかった。

「オレ様は認めぬ！　絶対に認めぬぞ！」

「でも倒したのは事実よ、ほら」

エキドナは胸の谷間から魔法巻物を取り出して放り投げる。空中に、アインがトールを撃破したシーンがリプレイされた。

リドラはギリッと歯がみする。エキドナの言は事実だった。認めたくないが、彼は強いらしい。

「オレ様も……あれくらい……」

だが脳裏をよぎるのは、いにしえの時代、魔神に負けてしまった自分の惨めな姿。リドラは果たして、魔神に挑んで勝てるだろうか……。

「そんなあなたに、朗報があるの。魔神核って知ってる？」

初めて聞く言葉にリドラは首をかしげる。

「魔神の力の根源とも言える核のことよ。それを取り込めば魔神の力が手に入る」

魔神の強大な力。直接戦ったことのあるリドラは、それがどれほど強いものなのか知っている。

……欲しい、と思ってしまった。

「そんなものが……あるのか！　教えろ！　どこにある⁉」

まるで魚が釣り針にくいついた、とばかりに、エキドナが笑う。

「アインが倒した魔神の核は、人間界にあるわ。賢者ウルスラがそれを調査しているところよ」

「人間界……ウルスラ……？」

「アインの協力者ね。あの子、魔神核があると次の魔神が生まれてしまうことに気づいたらしく、封印、もしくは破壊しようとしてるらしいわ」

なぜそこまで知ってるのだろうか。いやそれはどうでもいい。問題なのは、魔神の力を……そのウルスラとかいう馬鹿者が、破壊しようとしている事実のみ。その人物への怒り。そして……力への渇望。リドラを動かすのに十分だ。

「………」

リドラはきびすを返してその場を後にしようとする。

「あら、どこに行くの？」

「あの黒亀野郎のところだ。ゲートをさっさと直させる」

にまぁ……とエキドナがまたうれしそうに笑う。思い通りの絵を描けた画家のような笑みだった。

「羅甲に用事があるのなら、私に協力なさい」

「なに……？　どういうことだ？」

エキドナの背後からQが顔をのぞかせる。げひひひ、と下品な笑みを浮かべる。

だがエキドナはそれ以上に邪悪な微笑みをたたえながら、リドラに言う。

「なぁに、ちょっとした悪巧みよ」

☆

レーシック領、領主の館にて。

俺はウルスラの転移でここまでやってきていた。

館の裏庭には見事な庭園が広がっている。ブランコが置いてあって、俺はそこに腰掛けて一人考え事をしていた。

ユーリを、傷つけてしまった。恩人のあの子に……。いや、でも……。

「女神……か」

ピナの言葉がリフレインする。何度も何度も。それは……俺の心を痛めつける。

「……アインくん」

ふと顔を上げると、俺の前にアリスが立っていた。

「ああ、アリス……」

だが俺はいつもみたいに振る舞えない。というか、今は誰かと関わる元気がない。

「わるい……一人にしてくれないか……」

アリスは体をこわばらせる。だがきゅっ、と唇をかみしめると、俺の頭を抱きしめる。

しばし彼女は俺を抱きしめてくれた。ささくれだった心が、徐々に穏やかになっていく。女の子って、すげえよな。一緒に居るだけで気持ちが安らぐんだから。

ややあって。俺たちは並んでブランコに座る。

アリスから何があったのか聞かれたので、ピナとケンカしてしまったことを告げた。

「……そう、ピナが」

ピナとケンカしたと知って、彼女は辛(つら)そうな顔をした。この子もまたみんなが仲良くしてるほうがいいと思う、優しい子だからだ。

「……ごめんなさい、あの子、感情的になりやすい子だから。でも、誤解しないで。あれは」

「わかってるさ。ユーリのために言ったんだろ？　それにあいつの言うとおりだったんだ、実際」

あのときは感情的になったけど、よく考えなくても……そのとおりだった。

「俺の言葉は、ユーリを傷つけた。ユーリをおもんぱからない言葉だった」

えっちするなんて、そんなこと、できるわけないだろって、俺は言ってしまった。それは暗にユーリを女の子として見てない、と拒絶したに他ならない。

「最低だよ……俺。ピナに呆れられても仕方ないよ……」

途端、俺の胸の中に後悔の念がわきあがってくる。俺は何であんな酷いことを言ってしまったんだ。ユーリ。俺は……君を傷つけるつもりはなかったんだ。

「……アインくん。自分を責め過ぎちゃだめよ。ピナも、ユーリも、優しくて、賢い子たちだから。きっとアインくんの思いは理解してくれるわ」

アリスが俺の手を握って言う。俺は彼女のアメジストの目を見つめる。小さく、安心させるように微笑む彼女。少しだけ心が楽になった。この子なら悩みを打ち明けても良いだろう。甘えても良いだろうと思って、俺は弱音を吐く。

「俺……さ。ユーリのこと……好きなんだ」

一瞬だけ、アリスが何か傷ついたような顔になるが、すぐにいつものクールな彼女に戻る。

「でも……俺は、最底辺の人間だった。いくら強くなっても、人を救っても、その事実は変わらない。俺は……ユーリの大切な、唯一無二の存在になれる……資格なんて、ない男なんだよ」

あの子は世界樹というこの世界に恵みをもたらす尊い存在。一方で、俺はラッキーで力を貰（もら）っただけの、下級職の男。

「ピナが言っていたのは事実だよ。俺にとっちゃユーリは女神だ。そんな凄い存在と俺じゃ、身分が違いすぎるんだよ」

たとえユーリへの思慕の情があったとしても、彼女を愛する資格なんて存在しないんだ。

「俺はどこまでいっても……不遇職の鑑定士でしかないから」

アリスが言葉に迷っている。多分俺からの重すぎる相談内容に戸惑っているのだろう。口下手な彼女に聞かせる内容ではなかった。でも……俺は誰かに悩みを聞いて貰いたかった。

「悪い……アリス。少し楽になったよ。俺……もう一回冷静になって、考えて……」

と、そのときだった。

ふと、庭園に誰かが現れる。そこにいたのは、長身の、痩せた女だった。

「ああ！　やっと会えた！　会いたかった……！　ミクトラン……！」

女は俺の元へ駆け寄ってくる。立ち上がる俺に、抱きつく彼女。

「お、おま……だれ……？」

誰だ？　こんな美人に知り合いなんていないぞ……。てゆーか、俺ミクトランさんじゃないし。

「テレジア、姉さん……」

「なっ⁉　て、テレジア……姉さんだって⁉」

アリスが呆然(ぼうぜん)とこの女を見つめて言う。姉さん……ユーリの姉。最後の精霊だ。

テレジアがユーリの姉だとしたら、わからない。なぜここに会いに来た？　どうして今このタイミングで……？

クルシュのときみたいに、助けを求めてやってきたのかも知れない。とにかく対話しないと。

「て、テレジア……？」

「はいっ！」

彼女がうれしそうにうなずく。近くで見ると……なるほど。とがった耳を持ち、どことなくユーリに似た雰囲気を醸し出している。

「その……初めまして。俺はアイン」

挨拶しただけなのにテレジアは、まるでハンマーで頭を叩かれたような、驚きと、そして痛ましい表情を浮かべる。

「はじ……めまして？　アイン……？　な、何を言ってるの、ミクトラン？」

呆然と彼女がつぶやき、顔を近づけてくる。

「あなたはミクトランよ⁉　忘れてしまったの⁉　ねえ！」

俺の襟首をつかんで揺すってくるテレジア。いや、何言ってるんだこの子……？

「姉さん、落ち着いて。その人はアイン・レーシック。ユーリの新しい守り手……」

アリスがテレジアに、俺を紹介しようとする。

「【うるさい！】【黙れ！】」

テレジアの目が黄金に輝く。その瞬間、アリスの口が強制的に閉じられる。

アリスは目を白黒させながら、しかし、苦しそうに喉元をかく。

「おい！　何してるんだ！　アリス！　大丈夫か⁉」

アリスがふるふると首を振る。まだ苦しそうにしている。なんだ？　何が起きてるんだ。

わからない。だが……俺にはテレジアが何かをしたように思えた。

「おいやめろよ！　アリスが苦しんでるだろ⁉　妹になに酷いことしてるんだ！」

びくん、とテレジアが衝撃を受けたように体をこわばらせる。その瞬間、力が解けたのか……。

「かはっ！　はぁ……！　はぁ……！　はぁ……！」

アリスが呼吸を再開する。そうだ。さっきは息ができてないようだった。

「アリス！　おい大丈夫か！」

「え、ええ……大丈夫」

良かった……呼吸が戻ってる。

「しかし今のはいったい……？」

「……姉さんの力よ。【誓約の魔眼】。対象を無理矢理従わせる能力」

「せいやくの……魔眼。……？」

そうか。アリスに魔眼を使ったから、呼吸ができなくなっていたんだ。

「だとしても……妹に力を使って良いわけないだろ！」

俺はテレジアをにらむ。

「謝れよ、アリスに」

「ミクトラン……」

「だから、俺はミクトランさんじゃない！　人違いだ」

がくん、とテレジアがその場に膝をつく。精霊はみんな優しい子らだと思っていた。でもこの女は……違う。妹に力を使って、あわや殺そうとしていた。俺は……あまりテレジアが好きになれない。たとえユーリの姉だとしても。

「う、うふふ……あははは！　そういうことね！　理解したわ！」

突如としてテレジアが笑い出す。壊れたオモチャのように、ケタケタと笑う。俺もそしてアリスもまた、彼女におびえるばかりだ。

「ミクトラン……あなた、忘れてしまったのね、私のこと」

「は……？　だから違うって……」

ずいっ、とテレジアが近づいてくる。

「大丈夫。ふふ♡　むしろ好都合。エキドナのこと忘れてるならねぇ……」

エキドナ……？　ユーリの長姉がどうして出てくるんだ？

「大丈夫、ミクトラン。全部忘れて。また、ゼロからふたりでやり直しましょぉ……♡」

すっ、とテレジアが俺の頰を両手で包む。戸惑う俺。アリスの方が一歩早かった。

「アインくん逃げて！　姉さんが魔眼を！」

だが、遅かった。

「【全部忘れて】」

その瞬間、俺の頭の中に、何か異質なる力が流れ込んできた。

「う、ぐ、うがぁああああああああああああああああああああああ！」

頭が！　頭が割れそうだ！　なんだこれ⁉　何が起きてるんだ⁉

『アインさん♡』

ユーリ！　助けて！　頭が痛い！　ユーリ……！

『あい……さ……』

ユーリ……？　ゆ……え？

『………』

ユーリって……だ、れ？　わからない。俺は……おれは……誰？

……その瞬間、おれの意識は、闇の中に溶けていった。

☆

アインがテレジアから魔眼による攻撃を受けた直後。

「姉さん……！」

アリスはテレジアに、敵意のまなざしを向ける。

「あなた！　なんて事をしたの⁉　誓約の魔眼を悪事に使うなんて⁉」

姉の能力は相手に自分の言ったことを強制させる力。止まれと言えば相手は止まり死ねと言えば死ぬ。

「悪事？　何を言ってるのアリス？　これは正しい行いなの」

「どこが⁉　思い通りにならないからって、相手に無理矢理言うことを聞かせるなんて⁉」

アインはその場にくずおれている。アリスは近づいて肩を揺する。

「アインくん！　目を覚まして！」

「あ……い……ん？　だ、……れ？　いや……お、れ……俺は……アイン……だ、れ……？」

アリスは、彼が今大変な状況にあることに気づく。

「アインくんの自我が、崩壊しかけてる……！」

誓約の魔眼の力で、アインはすべてを忘れさせられようとしている。自我を保とうと必死に抵抗しているが、このままでは記憶が消えて、自我を失う……。アイン・レーシックが、いなくなってしまう。愛する男が、大好きな妹が愛する彼が……。

アリスは立ち上がって、テレジアにつかみかかる。

「戻して！　アインくんを！」

「ふん。【動くな】」

びくん！　とアリスが体を硬直させる。魔眼の力は恐ろしいほどに強力であり、凶悪だ。どんな言葉も相手に強制する。

「ミクトラン……まだ完全に忘れてくれないのね。これは時間がかかりそう……」

そのときだ。ブォン！　とテレジアの隣にゲートが開く。

「⁉　これは……ゲート！」

「ごきげんようアリス、テレジア」

そこから出てきたのは、長姉エキドナだ。

「エキドナ姉さん！」

見た目は違うものの、エキドナを自称する女と相対するアリス。まずい。今テレジアとは敵対してるし、このエキドナは言わずもがな。ウルスラたちは来ないのか⁉

「アインと賢者さんたちのリンクは魔法で切ってるから、無駄よ」

「っ！　目的はなに⁉」

エキドナがテレジアを見やる。

「ゲートを開いておいたわ。あなたの世界樹のもとに繋(つな)がってる」

黒い穴の向こうに火山の溶岩が見えた。その奥に輝く大樹がある。

「彼を連れていきなさい。この子の記憶が消えるまで、二人きりで過ごすと良いわ」

「そんなっ！　やめて！　姉さん！　やめて！　連れていかないで！」

けれどテレジアはアインを抱きかかえると、ゲートをくぐって消える。こちらを振り返ることはなかった。エキドナに感謝することもなかった。ゲートが閉ざされる。

アインが、連れ去られた。自分は何もできなかった。ぎりっ、とアリスが歯がみする。

一方でエキドナは、まるでとても愉快なショーを見てるかのように高らかに笑う。

「何がおかしいの、エキドナ姉さん！」

「ごめんなさい。あなたがあまりにのんきなもので……」

「のんき……？　何を言って……」

そのときだ。どがん！　と大きな爆発音が、あたりに響き渡る。

「なに⁉　何が起きてるの⁉」

エキドナは愉悦に満ちた表情で、動けぬ妹を見下ろして言う。

「このレーシック領に、魔族の大群が押し寄せてるのよ」

アリスは頭が真っ白になり、絶望に沈む。

最大戦力は奪われ、しかもそこに魔族の襲撃。……考えられる中で、最悪すぎる展開だった。

4話　魔族との最終決戦

アインがテレジアによって連れ去られた、一方その頃。

レーシック領に広がる広大な森、奈落の森(アビス・ウッド)にて。

そこには大量の魔族達がうごめいていた。ゲートからはゾクゾクと魔族が這(は)い出(で)てくる。

「げひっ！　げひひひっ！　壮観ですねぇ、エキドナさまぁ……！」

トロールたちの担ぐ神輿(みこし)の上に玉座があった。そこに座っているのは、魔族達のボス、エキドナ。そしてそばに控えているのは上級魔族Qとリドラ。

「て、低級魔族が一〇〇〇体！　古竜、トロールなど、モンスターが合わせて九〇〇〇。合計で一〇〇〇〇の軍勢！　げひっ！　これで人間どももイチコロですねぇ！」
Q、そしてリドラがエキドナと並んで眼下の光景を見ている。
異形なる者どもが雄叫(おたけ)びをあげながら森を蹂躙(じゅうりん)していた。

「ったく、羅甲(らこう)のバカが邪魔しなきゃよぉ、もっと早くこれができたっつーのにな」

「げひひひ！　ばかな亀。わ、わたしの演技にころっと騙(だま)されて、げひひ！　殺されてやんの！」

Qは回想する。リドラがいない隙をついて、羅甲に逃がして貰(もら)おうとした。そのときに麻痺(まひ)の魔法を使って羅甲を弱らせ、そこでリドラが致命傷を負わせたことを。

羅甲の持っていた特別な【黒い箱】。それはゲートを発生させるのに必要な特別な魔道具だった。

殺害し、黒い箱をゲット。ゲートを使って大量の魔族をレーシック領へと送り込み今に至る。

「Q。よくやったわ。お疲れ様」

エキドナがQの頬を撫でる。

「お、おほー！　エキドナお姉様のためならたとえ火の中水の中だろうと飛び込んでみせます！」

「ちっ。おめーら最初からそういう仲だったのか。きしょくわりぃ……ったく、羅甲もバカだよな。こんなゲロ女に騙されて、最後は惨めに殺されるんだからよ」

殺害した羅甲は魔界にそのまま置いてきた。

「さて……では始めましょうか」

エキドナが魔法陣を展開する。それは彼女の言葉を拡声させるもの。

『親愛なる魔の者たち。今日は記念日よ。人間界を魔族が征服する、晴れの舞台。だからみんな、頑張ってちょうだい』

うぉおおおおおおおおおおおおおおおおおおおおおおおおおおお！

魔族たちの応じる声が、レーシック領の大地を揺らす。

『作戦を伝えるわ。目的はレーシック領、そこに保管されている二つの魔神核。道中のサルどもはみんなで蹂躙してちょうだい。魔神核を手に入れたら、そこを足がかりに人間界の各地を順々に落としていく。以上よ。では……進軍』

魔族、そしてモンスターたちがゆっくりとレーシック領へと向かう。

「げ、げひ……え、エキドナ様。ど、どうして魔神核を回収するんです？　に、人間界にせっかくきたんですから、ぶ、分散して攻めていけば？　サルどもは弱いんですし」

　Qが尋ねると、エキドナが微笑(ほほえ)みながら言う。

「わたしの作戦が、不満？」

「い、いえ！　滅相もございません！」

　Qは違和感を覚える。自分が言うとおり分散した方が効率よく世界を征服できるだろう。

　今この人間界において、魔族と互角に戦える存在はアイン・レーシックただ一人。

　アインは現在戦闘不能、とエキドナから聞いていた。だからこそ解(げ)せない。唯一の脅威が居ないのなら、世界征服など、数をばらけさせてもできるはず。

（戦力を一点集中だなんて……まるで、わたしたちを倒しやすいように配置してる……？）

　ぱちり、とエキドナと目が合う。

　にまぁ……と笑う。その笑みは、まるで悪魔のような笑みにQには思えた。

　ぞく……！　と背筋に悪寒が走る。嫌な気分だ。そう……まるで、自分には理解できない、どす黒い何か悪意に巻き込まれてるような……。

（い、いや！　え、エキドナお姉様に限って、あり得ない。そうだよ、お姉様は言ってたもん！　この戦いが終わったら、一緒に暮らそうって！）

　そうだ。エキドナは部下、少なくともQのことはきちんと考えてくれているのだ。まさか、全滅させようだなんて、思っていない。

「エキドナよぉ。魔神核を奪ったら、オレ様が食べて良(い)いんだろぉ？」

隣で仁王立ちするリドラがエキドナに尋ねる。

「ええ、どうぞお好きに」

「楽しみだぜぇ……魔神核。アレを手にしてオレ様は、最強になるんだ！　がーはっはっはぁ！」

魔族たちは順調に奈落の森を踏み潰していく。木を焼き、緑を踏み潰し……やがて森を抜ける。

「さて、一番槍（いちばんやり）は誰に任せようかしら」

「げ、げひひ！　わ、わたしがやります！」

「じゃあQ、お願いするわね」

「げひー！」

Qは神輿の上で立ち上がり、両手を広げる。空中に赤、そして青の球体が浮かび上がる。それは分裂して無数のシャボン玉のようになった。

「ば、【泡沫爆弾（バブル・ボム）】！」

レーシック領全域にシャボン玉が降り注ぐ。それは領土全体で大爆発を起こした。

「てめえQよぉ。オレ様の活躍を奪うんじゃねえよ」

「う、うるせえ！　え、エキドナ様、ど、どうですか？　わた、わたしの泡爆弾！　げひげひ！」

酸素を媒介にした爆弾の魔法だ。酸素さえあれば数千度の炎を巻き起こす小型爆弾をいくらでも作り出せる。

「さすが、泡沫のQ。見事な破壊力ね」

「ちっ。陰気な見た目で、こんな広範囲破壊能力を持ってるなんてよぉ」

「げひひ！　これでサルどもなんてみーんな死んじまったぜぇ！　うひょー！　エキドナ様、ほめてほめて〜！」

歓喜するQ。だがエキドナは静かに微笑んだままだ。

「さてどうかしら。サルも、抵抗したいものね」

リドラ、そしてQが眼前を見て目を丸くする。

領土を覆うような、透明な結界が展開されていたのだ。

「げげひー！　なんだあの結界⁉　わ、わたしの泡沫爆弾を食らってびくともしてねえー！」

眼下の魔族軍団も、結界に進攻を阻まれている様子だった。

リドラはむしろうれしそうに笑う。

「サルのなかにも、なかなかやるやつがいるようじゃあねえかぁ」

じろ、とリドラがエキドナをにらみつける。

「おいオレ様は勝手にやらせてもらうぜ。魔神核さえ奪えば何してもいいんだろ？」

「ええ、ご自由に。ただし向こうには四神の娘たちがいるから気をつけてね。特に白猫(はくびょう)っていう剣術使いは厄介だわ」

なぜそこまで詳しく知ってるのか、まではリドラは聞かなかった。そんなの自分には関係ないのである。

「はっ！　いいねえ。サルのくせにいきってる雑魚をぶっ殺してやるよ！」

たん！　とリドラは神輿を蹴って消える。

「さて……最終決戦よアイン。頑張って、間に合ってね」

☆

エキドナたちが進軍を開始した、一方その頃。

レーシック領の領主の館には、黒姫、ウルスラの守り手たち。ユーリ、ピナなど精霊たち。領民代表としてコディ、大商人ジャスパーなど、アインにゆかりの深いものたちが集まっていた。

会議室にて、アリスが言う。

「……現状を説明するわ」

懐から杖を取り出して振る。会議室のテーブルの上に世界地図が展開。レーシック領の部分を拡大する。

「……現在、レーシック領は、魔族によって蹂躙されかけている。相手の戦力は魔族一〇〇〇。モンスター等九〇〇〇。上級魔族が……少なくとも二」

「なっ⁉　なんだよぉそりゃぁ！」

コディが驚愕の表情を浮かべる。ジャスパーも額に汗をかいていた。

「歴史上、類を見ない大規模な侵攻じゃないか……なぜ今になって……」

すると黒姫がスッ、と手を上げる。

「おそらく敵の手に【黒い箱】が渡ったのだと思われるわ」

「なぁに、ママ。その黒い箱って？」

ピナの問いかけに黒姫が答える。

「ゲート発生装置よ。わたしの弟に持たせていたもの。それが敵の手に奪われた」

「なっ⁉　そ、それじゃあ……ゲート作りまくって魔族がたくさん来るじゃん！　って、それが今なのか……」

ええ、と黒姫がうなずく。

「弟は魔族側に潜伏して、ゲートの技術をあえて提供し、発生数を最小限に抑えてたの。でも……これを見る限り、弟は……」

黒姫の表情が暗い。黒い箱。弟に預けていたキーアイテム。それが相手側に渡ったということはつまり、所有者である弟が殺された可能性が高い。

「ママ……」「黒姫……」

ピナ、そしてウルスラが心配するように見やる。だが黒姫は微笑んで言う。

「いいの。あの子も、わたしも、こうなることは織り込み済み。すべては世界平和のため。だからそう……必要な犠牲だったのよ」

黒姫の表情にはどこか、諦めのようなものが感じられた。

「で、でも！　まだ生きてるかもでしょ！　死体が見つかったわけじゃないんだし！」

「そ、そうじゃ！　だから黒姫よ……希望を持つのじゃ」

二人に励まされて、黒姫は淡く微笑む。

「……会議を続けるわ」

アリスは図面上の、この領主の館を指す。

「……敵は一直線にこの屋敷を目指していることから、目的は魔神核だと思われる」

「ねーねー、まじんかくーって、なぁに？」

メイが手を上げて質問する。

ウルスラが答える。

「アインが討伐した、魔神の力の根源たるクリスタルのことじゃ」

トールとドゥルジ撃破後に核が残っていたのを、ウルスラは回収したのである。

「どうやら魔神は、この核がある限り真の意味では死なぬようじゃ」

「でもさ～。なぁんでそんな核があるわけ～？　トールもドゥルジも、アイちゃんがぶっ倒したじゃん？」

クルシュの質問にウルスラがうなずいて答える。

「アインは、魔神を完全に討伐しきれなかったのじゃ」

「補足説明するでござる」

白猫が手を上げて言う。

「魔神は神。神を倒すためには、神の力を必要とする。アイン殿はあの時点では魔神を完璧に倒せる唯一の方法……【霊装】を身につけていなかった。だから核が残ったのだと思われるでござる」

ようするに、トールとドゥルジは倒したものの、核までは壊せなかったらしい。

「魔神を討伐するには、完全な霊装を身につけたアイン殿が消し飛ばすしかない。でもそれも難しい」

アインは霊装を会得できていなかった。

「だから、わしが別案を用意しておいたのじゃ。儀式を用いて異界に消し飛ばす方法をな。じゃが……完成する前に敵に魔神核の存在を知られ、攻め入られる羽目となった」

アリスが沈んだ表情でいう。

「……さらに最悪なことに、アインくんは今、テレジア姉さんによって連れ去られてしまってるわ」

そう、そこだ。現状の最大の問題点。英雄アイン・レーシックの不在。

「おにーさん、どうしちゃったの？」

「……テレジア姉さんが、アインくんをミクトランだと思って、連れ去ってしまったの」

「ミクトラン……？」

「だれー？」

メイの問いかけにクルシュが困ったように言う。

「ええっと……ま、まああれだ。とにかく今、テレちゃんがあいちゃんを連れ去ったのが重要！所在地はわかってるの？」

アリスがうなずいて言う。地図を動かして、大陸の中心部、何もない点を杖で指す。

「なんもないじゃん」

「……ここに小さな無人島があるの。そこの【ミタケ火山】。この中にアインくんがいる」

「あやつの右目は賢者の石。意識をリンクさせるマーカーとなっておる。そこから辿って位置を割り出したのじゃ」

ここから遥か南西の位置にある無人島の火山のなかにアインがいる。

「くそ！　アイン様がそんな遠くにいるなんて！　おれたちじゃどうにもなんねえじゃねえか！」

コディの言葉に、アリスがうなずく。

「……現状、私たちがすべきことは二つ。①アインくんの奪還、②レーシック領の拠点防衛」

「だねぇ。あいちゃんがいれば、全部解決できることだもんね」

アイン・レーシックがいれば魔族の軍勢など軽く蹴散らすことだろうから。

「でもむずくない？　おにーさん助けに、誰が行くの？　戦えるメンツがそっちに行っちゃったら、魔族にせめられて魔神核奪われちゃうし……」

アインを奪い返すのと、魔神核を守ること。アインがいない以上、拠点防衛にもある程度の人員を割く必要があった。

「拙者がちょーとっきゅうで行くのはどうでござるか？」

「にゃー。ママ、それじゃこっちがあぶにゃいにゃん。上級魔族たちがいるんだし」

こくん、と黒姫がうなずく。

「そうね。弟からの情報によると、上級魔族は残り二名。竜人のリドラ。泡沫のQ。今はわたしの緊急結界で侵攻を阻んでいるけど、突破されるのは時間の問題だわ。そうなったときに、白ちゃんがいないのはまずい。あーくんのいない今、あなたが最大戦力なのだから」

「あーもう！　どうすりゃいいんだよ！」

コディが叫んだ、そのとき。

今まで黙っていたユーリが、口を開いた。

「わたし、行きます……！」

しん……とあたりが静まりかえる。

「お、おねえちゃん……？」

ピナが恐る恐る姉を見やる。ユーリは決意に満ちた瞳でみんなを見回す。

「わたしがアインさんを、助けに向かいます」

「ゆ、ユーリ……何を言っておるのじゃ！」

真っ先に口を挟んだのは、当然と言うべきか、ユーリの母ウルスラであった。

「アインを助けにおぬしが行くだと⁉　危険すぎる！　行くにしてもわしや黒姫さまが！」

「ううん、おかーさんたち守り手はここにいて。強い魔族からみんなを守って。ミタケ火山にはわたしが行く」

「しかし……！　火山にはモンスターがおるのだぞ⁉　あそこは、隠しダンジョンなのだから！」

ウルスラが必死になって娘を説得しようとしている。だがユーリの意志は、固い。

「隠しダンジョンのモンスターの方が、魔族より弱い。それに……戦って勝つ必要はないから」

「なにを……？」

なるほど、とクルシュがうなずく。

「あくまであいちゃんを連れ戻せば良い。ダンジョンの中のモンスターなんて、最悪全部無視すればいいからね」

我が意を得たりとばかりに、精霊たちが立ち上がる。

ユーリは妹、姉達を見回す。

「お願いみんな……わたしについてきて。アインさんを助けたいの……！」

ジャスパーがなるほど、とうなずく。

「確かに、非戦闘員である精霊(レディ)たちで少年を奪還できれば一番効率が良い。戦力である守り手を温存できれば、作戦成功の確率がぐっと上がる」

「じゃが……じゃが……！」

ウルスラは看過できない。精霊たち……娘たちだけで、火山に向かわせるなんて。しかも、もし火山を突破したとしても、その奥にはテレジアが待っている。

「おかーさん……行かせて。わたし……助けたいの」

ユーリはウルスラの元へ行き、手を握る。

「いつも……いつも、アインさんに守られてきた。助けられてきた。だから今度は！　わたしが！　アインさんを、助けたいの！」

精霊たちはみんな、うなずく。

「マイシスターの言うとおりだ。お姉さんも協力するぜ」

「……私も、アインくんが、好きだから」

二女クルシュ、四女アリスがうなずく。

「にゃー、アインお兄ちゃんには、ママを助けて貰った借りがあるからにゃー」

「くく……我もママンを説得してくれた借りがある。協力は惜しまぬよ」

六女カノン、八女マオもうなずく。

「めーも！　おにーちゃんにたすけてもらった！　だから、たすけるー！」

九女メイが、ピナを見上げる。最後に七女だけが残された。

「…………」

「ピナちゃん……」

ピナとアインはケンカしていた。だから、協力してくれないかもとユーリが不安に思う。だが
……にっ、とピナが笑う。

「そんな顔しないでよ。アタシもさ……おにーさんに会いたい。謝りたいんだ。言い過ぎたって」

精霊たちがうなずく。みな、アインに救われ、守られてきた少女たち。だから、今度は彼女たちの番なのだ。

「うちも協力するでー！」「……ふん」

会議室に炎の鳥、そして、水のトカゲが現れる。

「おお！　朱羽(あかはね)殿！　青嵐(せいらん)殿ー！」

「と言っても、うちら転移使えんから、使い魔を通して、遠隔になるけどな」

「心強いでござる！」

白猫が笑顔でそう言うと……。

「おいおい、おれたちを忘れてるんじゃあねえのか」

「おひさしゅうございます、青嵐様」

部屋に新たに入ってきたのは、ドワーフの女王マリクと、神竜族のエルロン。

「おれらドワーフは、武器を提供する！」

「我ら翼たちも協力しよう」

皆の心が決まったところで、視線はウルスラに集まる。現状、反対しているのはウルスラだけ。

「……ユーリよ」

ウルスラは娘に近づく。その表情は暗い。

「わしは……わしは、本音を言えば、そんな危ないところに行ってほしくない。でも……」

ウルスラは娘を見上げる。その目は笑っていた。

「好きなのじゃろう、アインのことが？」

母からの問いかけにユーリは迷いなくうなずく。

「うん。わたし……大好き。アインさんが、大好き！　だから……伝えに行くの！　大好きって！」

……ウルスラの脳裏にユーリの、これまでのことが思い起こされる。奈落の底で孤独に過ごしていた日々。たまに落ちてくる冒険者たちを治療するも、彼らに酷いことをされてきた。枝を折られ、葉をむしられ……。それでもユーリは優しいから、助け続けた。でも一人で泣いているのを、母であるウルスラは知っていた。

ある日……アインがやってきた。その日から娘は変わった。彼女の翡翠(ひすい)の瞳はずっと輝いている。ああそうか、彼女は彼が好きなのだと早い段階でウルスラは気づいていた。

「いつの間に……こんなに大きくなっておったのじゃな」

ユーリを見上げて言う。身長のことを言いたいのではない。精神的な成長を指していた。

「わかった。行ってこい」

「！　おかーさん！」

ぎゅっ、とユーリはウルスラに抱きつく。

「眠ってるバカ弟子をぶん殴ってでも起こして、ここに連れてくるのじゃ。そして……彼と幸せになるんだよ」

母として、師匠として、ウルスラはアインを認めていた。そしてまた娘の人生を任せるにたる存在だと、今、認めたのである。

「わかった！　絶対……アインさんと帰ってくるから！」

みんながうなずく。それぞれが団結し、アイン・レーシックのために戦う決意をする。

「……では、アインくん奪還は、私たち精霊が。拠点の防衛は、守り手と領民たちがする。それで異論無いわね？」

「「「応！」」」

かくして、最後にして最大の戦いの火蓋が今、切って落とされたのだった。

☆

ユーリと仲間たちが決意を固めた、一方その頃。

アインはミタケ火山の最奥にて、眠っていた。マグマが一面に広がるなか、浮き島が一つあって、そこに世界樹が生えている。

世界樹の前には、場違いな豪華なベッドがあった。そこにアインが寝かされている。

「ああ……ミクトラン……早く目覚めて……」

アインは苦悶(くもん)の表情を浮かべている。今、彼はテレジアの能力、【誓約の魔眼】の効果で、記憶と自我を消されている最中だ。

だがアインは必死になってそれにあらがっている。……とはいえ、時間が経(た)てばアイン・レーシックという個は完全に消滅してしまうだろう。

「ミクトラン……」

アインの自我が消えて、真っ白になった魂に、テレジアという色を刻みつける。それがテレジアの目的だった。

「…………」

彼女が切ない表情を浮かべる。アインの記憶を消したところで、ミクトランが、自分が愛した男が帰ってくるわけではない。テレジアはわかっている。それがわからないほど愚かではいない。

「それでも……いいの。ミクトラン……あなたと、ともに暮らせれば、それで」

アインのままでは、駄目なのだ。この男にもたくさんのしがらみが存在する。自分の元を去って行ってしまう。それは怖い。だから記憶とともに自我を消して、永遠にこの灼熱の世界で、二人きりで過ごすためには……魔眼による記憶消去が必要不可欠なのだ。

「ミクトラン……」

テレジアがアインにしなだれかかる。そのとき、ぴくんっ、とテレジアは明後日の方向を見やる。

「侵入者……？」

ダンジョンの管理をテレジアは一人で行っている。内部には使い魔が何匹もいて、侵入者があればわかるように術式を組んでいた。

テレジアは杖を取り出して振る。

魔法陣が眼前に展開し、侵入者の姿を映し出す。

そこに映っていたのは、テレジアの妹ユーリ。そしてその姉妹たちが、火山に入ってきたのだ。何をしに来たのかすぐにわかった。このアイン・レーシックという男を奪い返しに来たのだろう。

「……渡さない」

ぎりっ、とテレジアが歯がみする。

「渡さないわ。絶対。彼は私のなの。邪魔するようなら……ユーリ。あんたでも……」

たとえ妹たちと対立することになろうとも、テレジアは彼を選んだ。渡さない。絶対に渡さない。

「ここまで来られるものなら、来てみなさい。火山の中にはモンスターがたくさんいるの。迷宮主(ボスモンスター)だっている。非力なあんたには……ここにたどり着くのは絶対に無理よ。そんなのもわからないの？　愚かな子ね」

そう、どう考えても非力な妹が、ここにたどり着くことは不可能。

だというのにテレジアは予感めいたものを覚える。妹がここまで、たどり着く。そんな可能性が。

わかるのだ。その目を見ていれば。

「……一途(いちず)な瞳」

綺麗(きれい)に輝く翡翠の瞳は、まっすぐに未来を見つめている。アインを取り戻す、断固たる決意がその目に宿っている。

「……だから、なに。彼は私の、私が！　私が彼の女になる！」

テレジアは手心を加えてやるつもりは一切無かった。奪おうとするなら排除する。たとえ愛する家族から嫌われようとも。

☆

ユーリたちはミタケ火山の入り口までやってきていた。

「ふぅ……ふぅ……」

「アリス姉様……大丈夫？」

大汗をかいているのは、アリス。彼女はにこりと笑う。

「……大丈夫よユーリ。でも……上手(うま)くいって、ほんとによかった」

とにかく今は時間が無い。レーシック領からこのミタケ火山のある無人島までは、船で何日もかかるはずだった。

「でも……アリスお姉ちゃん凄(すご)いよ。転移魔法、いつの間に覚えてたの？」

ピナが目を見開いて言う。そう、ここまでアリスの転移魔法でやってきたのである。

転移は世界で賢者ウルスラ、黒姫しか使えない超高難易度の魔法。

「……イオアナがユーリを奪おうとしたときよ。私の力は戦闘向きじゃない。でも、転移を覚えれば、千里眼と組み合わせることで、どこにでも行けるようになるって」

アリスの能力、千里眼はどこまでも見通すことのできる優れた能力だ。しかし見通すということだけしかできず、戦いには不向き。そこでアリスは転移魔法に目を付けた。

転移魔法は、行ったことのある場所への転移を可能にするというもの。

「……千里眼で、行きたい場所をマーキングできれば、転移が可能になる。転移の条件は正確には、行ったことのある土地の情報があることだからこれは、黒姫と共同で開発した新魔法……複数人を転移させる、大転移」

ふら……とアリスがその場にへたり込む。

「姉様！」

ぱしゃっ、とユーリが治癒術をアリスに施す。

「今のでだいぶ、魔力が消耗してたんだね～」

クルシュがアリスの頭をなでる。ユーリの治癒術で体力は回復したものの、魔法を使うための魔力は枯渇してしまった。

「……私ができるのはここまで。あとは、みんなでなんとかして」

千里眼が見通せるのは地上のみ。ダンジョン内部までは転移できず、自力で向かうしかないのだ。

「ありがとう、姉様」

アリスは切ない表情になる。今やっているのは、妹の恋を後押しするようなこと。きっとユーリたちはこの困難を乗り越え、更に大きな絆を手にするだろう。

そうしたらたぶん、結ばれるのは妹だ。選ばれないのは……自分だ。でも……それでいいのだ。

アリスの表情に後悔の念はない。

「行きましょう、ユーリ。アインくんを助けに」

アリスはユーリのことを、そしてアインのことを愛している。だからその二人が幸せになることを、選んだのだ。自らが恋人となって結ばれることよりも。

「はい！」

ユーリたちは火山に足を踏み入れる。

むわ……と凄まじい熱気がユーリたちを襲う。

「あっつーうい！　あちちでしんじゃうよぉ！」

メイが火山の入り口からすぐに出る。

「確かにこの熱さじゃやばいね～。どうする？」

クルシュの質問に、カノンが手をあげる。

「そういうときは、にゃーにおまかせにゃー！」

カノンは魔法でマイクを作る。そして……歌う。

「【付与・スキル【適応】！」

その瞬間、ユーリたちの体に青い膜が張られる。

「……これは、青嵐のスキル、適応」

「そうだにゃ！　にゃーの能力は付与！　アインお兄ちゃんがコピーした全能力を、他人に付与できるのにゃ！」

青嵐の適応はあらゆる環境に適応できるというもの。これがあれば熱気のなかでも進んでいける。

「でも……さすがに七人分の付与は、めっちゃ疲れるにゃん……」

「すでにお姉さんの単独行動スキルを、全員に付与してるもんね。がんばりすぎだよ～」

精霊たちは基本的に、外を自由に歩き回れない。クルシュの持つ単独行動スキルを付与することで、ここまで来られているのだ。

「ちょっち、これ以上の付与は無理かにゃ」

「カノンちゃん……ありがとう」

にかっ、とカノンが笑顔を浮かべる。

「まだ終わりじゃにゃいにゃん！　さ！　行こう！」

ユーリがうなずいて、姉妹たちとともにダンジョンの奥へ向かう。

「待ってて……アインさん！」

☆

一方、レーシック領では。

奈落の森に隣接する村に、たくさんの冒険者たち、領民たちが集まっていた。

「こんなにたくさん、少年のために集まってくれたのか……」

後方で指揮を執るのはジャスパー、そして王都冒険者ギルドのギルドマスター。

「アイン様のピンチと聞いて、王都の連中が力を貸したいと集まったんです。黄昏(たそがれ)の竜をはじめとした高ランク冒険者たちが」

「そうか……他にも、獣人国、ドワーフ国からも、それぞれ出兵してくれた。彼の人徳のなすところだな」

かつてアインは王都で暴走するゾイド、そして古竜を倒し、王都の人々を守ったことがあった。

さらに獣人国、ドワーフ国では、それぞれ未曾有(みぞう)の危機を救ってきた。その恩を返すべく、今この地に、戦士たちが集まっているのである。

ちなみに転移はウルスラと黒姫が手分けして行った。かなりの時間がかかったが、しかし四神の結界が、奈落の森に魔族たちを閉じ込めていたおかげで、間に合ったのだ。

「ジャスパー様！」

「おお、コディくん」

領民のコディがジャスパーたちの元へ来た。

「非戦闘員はみんな領外へ避難させました！　ここに残っているのは冒険者たち、レーシック領民たち、戦える者たちだけっす！」

「そうか……ありがとう。レーシック領の皆は、本当にいいのかい？　今から戦うのは、恐ろしい化け物たちだ。君たちもよく知ってるだろう？」

かつてゴーマンという魔族が領地にやってきたことがあった。

領民たちは間近で、魔族の脅威を目の当たりにしている。逃げてもおかしくない。でも……。

「何を言ってるんすか！　おれたちは……みんなアイン様に助けて貰った！　この恩を、今返すときじゃないっすか！」

かつてこのレーシック領は、ニグンという悪徳領主によって酷い目に遭っていた。アインがやってきて、助けてくれたのだ。そして彼が鍛えてくれたおかげで、前回の魔族の襲撃でも生き残ることができた。

「みな……アイン様のため、ここで心中する覚悟はできてるっす！」

若者の瞳には嘘偽りはないように、ジャスパーは感じた。

「ああ……なんて美しいんだ……」

今に至って、ジャスパーは一つの結論に至る。

「この世で最も美しいのは、宝石じゃなかったのだね」

人々のために戦う、アイン・レーシック。アインのために戦おうとする、レーシックの民たち。

人が、人を助けようとする、奉仕の心。その清らかなる魂。

「それこそが……金剛石よりも美しい宝石だったとは」

ジャスパーはうなずく。今ここで死んでもいいと思った。彼は世界中の宝石を手に入れたかった。でもいいと思った。

「もう……十分。宝石の輝きは……もう十分すぎるほど見た。悔いは無い」

そこへ……。

「なに言っとんねん！　若いもんが！」

ばしっ！　と誰かがジャスパーの背中を叩く。

振り返るとそこには、守り手・朱羽。そして、守り手・青嵐がいた。

「まだまだこっからやろうが！」

「貴女（あなた）たちは……どうして？」

ふん、と青嵐が鼻を鳴らす。

「役割分担だ。妾（わらわ）とそこの小娘、そして神竜族が雑魚の相手を。白猫、黒姫は上級魔族の相手。そしてウルスラが魔神核の防衛」

「ま、そーゆーわけや。仲良くしてや～」

ジャスパーはしゃがみ込み、頭を下げる。

「感謝する、守り手様たち。本来の役割とは離れるというのに」

守り手の使命は世界樹を守ること。彼女たちが今やっていることは、使命から外れる行為のはず。

「ふん！　勘違いするな。別に妾は人間なんぞ、どうでもいい！　どうでもいいのだ……だが」

青嵐は憎々しげに顔をしかめる。

「あの小僧（アイン）には、借りがある。妾と娘との絆を修復してくれた、借りが。それを返すだけだ」

かつて娘のことだけしか考えてなかった青嵐は、もういない。今は人間と肩を並べて、大事な者を守ろうとする。

「かわったな～青（せい）ちゃん」

「黙れ。さっさと終わらすぞ」

ばりん！　と大きな音がする。四神の結界が壊れたのだろう。

「ジャスパー様。命令を！」

コディに言われてうなずく。

「総員、戦闘準備！　誰一人として、背後に魔族を通すな！　死守せよ！　この英雄の住まう穏やかな土地を！」

「「「おおおおおおおおおお！」」」

領民たち、冒険者たちが走り出す。

青嵐、朱羽もまた走り出す。

「「変化……！」」

朱羽は炎の大きな鳥……朱雀へ。

青嵐は水の龍……青龍へ。

はげしい熱風と水流が、魔族達を押し流す。

『陽炎付与！』

ばさ……！　と朱雀が羽を広げると、炎の羽根が辺り一面に広がる。それが冒険者たちの体に張り付くと、炎のオーラが纏う。

『朱雀のパワーをあんたらに与えた！　怪我してもすぐに治るで！　怖がらず戦うんやー！』

みながうなずき、魔族たちに立ち向かっていく。下級であろうと魔族は強い。Sランクモンスターを凌駕する。

それでも朱羽の付与、そして青嵐が場を乱していること……。そして、何より、アインのために戦うという断固たる意志が、魔族を押し戻していく。

ジャスパーは魔道具を使って、常に戦況を確認し、的確に指示を出す。

「少年……みな君のために死力を尽くしている。だが……いつまでもは持たないだろう。相手の方が戦力で言えば上だ」

だから、早く帰ってきてくれ。ジャスパーは祈る。

そして、この場に居ない、可憐(かれん)なる少女たちに言う。

「ユーリくん……みんな、頼むぞ！」

☆

レーシック領の皆が戦闘を繰り広げる、一方。

「げひ……！　ば、バカな奴(やつ)ら……」

Qは奈落の森の中にいた。

「げひひ！　四神の結界が解かれた今！　泡沫爆弾を阻むものはいねーっつーの！　バカどもが！」

Qは両手を広げる。その瞬間、領地の上にシャボン玉の爆弾が、無数に広がる。

「げひひ！　ま、魔族も人間も！　まとめて吹っ飛ばせばいいんだよぉ！」

魔神核等知らない。欲しいのはエキドナからの寵愛(ちょうあい)のみ。それ以外はどうでも良いのだ。

「死ね！　バカどもがぁああああああ！」

Qが手を振り下ろす。シャボン玉の雨がレーシック領全域に降り注ぐ。敵も味方も巻き込んで爆発する。

「まあ、なんて汚い花火だこと」

「なっ⁉　て、てめえ……！」

爆発が収まるが、しかし、周囲の大地に損傷は見られなかった。

「爆弾が防がれた……結界か！」

「ええ、その通りよ」

Qの前に現れたのは、黒い着物を着た幼女、守り手・黒姫だった。

口元を片手で隠し、優雅に歩いてくる。

「わたしの張った結界にあなたのご自慢の爆弾が阻まれたこと、もうお忘れ？」

「ぐぬ……！」

黒姫がQと相対する。

「わたしは黒姫。玄武の娘よ」

「黒……姫……。げ、げひひ！　じゃ、じゃあの羅甲の姉ってやつがてめぇかぁ……！」

ぴくんっ、と黒姫のこめかみが動く。

「げひひ！　羅甲はよぉ、わたしが木っ端微塵に吹っ飛ばしてやったんだぜぇ⁉」

Qは焦っていた。彼女の力は能力に依存している。最大の攻撃手段、泡沫爆弾をこの女の結界で防がれる以上、こちらのカードはもうない。リドラのような直接戦闘力が無いからだ。勝機があるとしたら……そう、動揺を誘うほかない。

「羅甲を、吹っ飛ばした……」

「げひひぃ！　そうさぁ！　あいつさぁ、ばかだよねぇ！　魔族から抜けたいっつーわたしの嘘にあっさり騙されて、後ろから爆弾で吹っ飛ばされてやんの！　死に際の言葉、教えてやろうかぁ！ごめん、黒姫姉さん……だぜぇ！」

真正面からの攻撃が当たらないのなら、隙を突いて倒すしかない。Ｑは会話によって注意を引きながら、ひっそりと攻撃を仕掛ける。見えないほどの極小の泡沫を、黒姫の背後に設置、完了。

「げひゃひゃひゃ！　死ねぇぇえええ！」

どがん！　と派手な音を立てて……泡沫爆弾が炸裂（さくれつ）する。その衝撃は女の腕を吹っ飛ばした。

「げひゃひゃあ！　まずは腕一本！　どうだぁ！」

Ｑは喜び腕を振り上げる。そして……気づいた。

「はれ？　あれぇ～？　う、うで……は、腕はぁ～？」

そう、地面に落ちているのは、黒姫の腕ではなかった。

「うぎゃぁあああああああああ！」

自分の腕がいつのまにか吹っ飛んでいたのである。

「どうしてぇ⁉　どうしてぇえ⁉」

すると目の前に黒姫が現れる。彼女の目の前には、一つの丸い鏡が浮いていた。

「【呪詛返（じゅそがえ）しの鏡】。自らが受けたダメージを、鏡に映る相手に、反射する鏡よ」

「じゅそ……がえしぃ!? 反射だとぉ!?」

黒姫のまなざしは冷たかった。

「……バカな子。こんなゲス女に騙されて、命を散らすだなんて」

ぱき……ぱき……と黒姫の周囲に、薄い板のようなものが漂う。彼女がスッ、とQを指さす。すると薄い板は高速で飛翔し、Qの残っていた腕を吹っ飛ばした。

「ふぎゃぁぁああああああああああああああああああああああああ！」

のたうち回るQの体に、板を飛ばす。それは敵の体をズタズタに切り刻んだ。

「結界はね、守るだけの能力じゃないの。たとえば、受けたダメージをはじき返す。たとえば、結界を薄く刃のようにして飛ばし、攻撃する。こんなふうに、いろんな使いかたができるの」

でも、と黒姫は言う。

「羅甲はね、結界術の才能が無かった。だから、守り手になれなかった。でもグレなかったわ。世界樹を守るのはわたし、世界の均衡を裏から守るのはあの子。あの子は……死を覚悟していた。スパイとして活動すると決めた日から、こうなるのはわかっていた。でも……」

黒姫の細められた目には、明確な殺意があった。

「よくも大事な弟を殺したな。あなたの死をもって……あの子への手向けにさせてもらうわ。せいぜい……苦しんで死んでちょうだい」

Qがふらふらと立ち上がる。彼女もまた上級魔族の一人だ。再生能力は人間を凌駕している。吹っ飛ばされた部位も治っている。

「げ、ひ……うるせえブス！　その綺麗な顔、わたしがぶっ飛ばしてやるよぉおおおお！」

☆

黒姫とＱがぶつかる一方。

リドラはまっすぐに、領主の館を目指している。だが、異変に気づいた。

「……サルが、いねえ」

結界をぶち破ったのはリドラの一撃だ。

壊した後にこうしてまっすぐに、館を、そこにあるだろう魔神核を目指していた。道中邪魔する人間は誰であろうとぶち殺そうと思っていたのに。

「どうなってやがる」

「ウルスラ殿の読み通りでござるなぁ」

領主の館の前にて。

小柄な、猫耳の少女が立っていた。

「なんだてめえ？」

「やや、これは失敬。拙者、守り手が一人。白虎の娘、白猫と申すもの」

「そうか……てめえか。守り手一の剣術使いってやつは」

エキドナの情報だ。少しだけ、心が躍る。

アインなき今、雑魚掃除は退屈だと思っていたところだったからだ。

「ちょうど良い。あっさり目標達成したら、つまらねえと思っていたところだ。付き合ってくれよ」

リドラが拳を構える。

白猫はぶらんと両手を下げている。

「どうした、女。構えないのか？」

「心配ご無用。これが拙者の構えでござるから」

一見すると敵を前に、武器も持たずに棒立ちしているだけに見える。だが……隙が無い。

「そなたもなかなかの武人とお見受けする。だからこそ、惜しいな。なぜ魔に加担するのか？」

スッ……と白猫の目つきが険しくなる。びりびり……と空気が震える。白猫から漏れ出る殺気が、竜のうろこを貫いて、彼に死を警告する。

「はっ！　決まってるだろ！　人間（サル）は嫌い！　弱いからな！」

「そうか……あいわかった。貴様は、武人ではない。ただの人殺しだ」

白猫は両手を広げる。その瞬間、彼女の両の五指から、光の刃が伸びる。それは猫の爪に見えた。

一瞬で消える。

ずばっ！　と瞬時に、リドラの体から血が噴き出す。

遥か後方に、白猫が立っていた。瞬きする一瞬の間に飛び出て、切り刻んだのだと思える。竜のうろこを、まるでバターみたいに切り裂く。

「なるほど……守り手一の剣術使いかぁ……いいねえ！」

ごぉお……！　とリドラの体から炎が噴き出す。

白猫は内心で汗をかいていた。

（今ので殺しきれぬか……。竜の生命力は半端ない。にしても……なんでござるか。あの妙な力の波動。まだやつは何か力を隠し持ってる……？）

「なんだ女ぁ……怖じ気(おけ)づいたかぁ？」

ふるふる、と白猫は首を振る。

「いやなに、竜退治は久しぶりだなと思っていたところよ」

「はっ！　今までどんだけの竜を倒してきたんだ、てめえ？」

にっ、と白猫は笑う。

「さてな。拙者にとって、竜を殺すことなど造作も無いこと。貴様もその一匹になるだけ！」

「はっ！　言うじゃねえか女ぁ……！」

どんっと二人が地面を蹴る。白虎の爪と、炎竜の爪とがぶつかり、はげしい衝撃波を生じさせる。

☆

人間と魔族が激突している、一方その頃。

ミタケ火山の奥地では、テレジアが一人うつむいて目を閉じていた。

彼女はまどろみの中で、ありし日の夢を見る。

それはいにしえの時代。世界樹から九人の精霊ができたばかりの頃。

『ゆーちゃーん！　だっこしてー』

『はい、いいですよ、めーちゃん！』

世界樹の麓にて、ユーリたち精霊は一緒に暮らしていた。

『ユーリおねーちゃーん！　エキドナお姉ちゃんが、お昼ご飯できたってー☆』

『はーい！　いこ、めーちゃん！』

ユーリたちはみんな笑顔で、一緒に暮らしている。

そんな風に昼ご飯を食べている中……テレジアは一人端っこに居た。

『はい、テレジア姉様！　お昼ご飯です！』

ユーリが笑顔で、カレーライスを持ってくる。姉様、と呼ばれることに不快感を覚えた。

『……いらないわ』

テレジアはバシッ、とお皿を払って、その場から離れる。

誰も居なくなったところでテレジアはため息をつく。

そこには湖があった。テレジアはしゃがみ込んで、湖面をのぞく。

『……はあ。どうして、こんなとこに』

と、そのときである。

『や、テレジア』

誰かが肩を叩く。黒髪の青年が、笑顔で立っていた。

『……あなた、たしかエキドナの……』

『うん。私はエキドナの守り手、ミクトランという』

にかっと笑う青年は、人間だ。本来ならあり得ない。守り手は特別な能力を持つ存在であるはずだから。

四神の娘、四人。エルフなどの魔法の扱いに長けた職業を持つ種族、四人。そんな中でただ一人の人間……それがミクトランだった。

『どうしてみんなとお昼ご飯、食べないの？』

『……うるさい。どうでもいいでしょ』

『良くないよ。気になるもん』

『どうして？』

ミクトランは無垢なる笑みを浮かべて言う。

『だって、君がさみしそうだから』

……それがきっかけだった。以降、テレジアはミクトランと交流を続ける。

『時々、夢を見るの私』

『夢？』

『……そう。ここではない、別の世界で生きてるの。そこはここより遥かに文明が発達していて、私はコーコーセーって職業で……』

『変な夢だね』

『ええ……私、転生してるんじゃないかって、思ってるの。変よね』

『そうかな？　あり得るんじゃない？　だって世界には魔法とかスキルとかがあるんだし』

テレジアの話をミクトランは親身になって聞いてくれた。

テレジアにとっては、急にできた八人の姉や妹よりも、ミクトランのほうが身近に感じていた。

『嫌いなの？　ユーリちゃんたち』

『……嫌いって言うか、わからない。だって、私たちは生まれたばかりなのよ。それでハイ君たちは家族です、って言われても、無理でしょ。あの子らがおかしいのよ』

ユーリを始めとして、大体の精霊たちは協調性があった。ありすぎる、というくらいだ。

『そっかー。それもそうだねぇ。ぼくも他の守り手さんたちと仲良くできてないし』

『……そうなの？』

『うん。みんな四神の娘、とか、大賢者の職業持ちみたいな。凄い人ばかりで萎縮しちゃってさ』

そんなふうに交流を重ねていき、いつしか、テレジアの中にミクトランに対する恋心が生まれた。

ある日の夜、テレジアは花を摘んできた。ミクトランに告白しようと思って。でも……。

テレジアは見てしまった。エキドナとミクトランが、抱き合って、そしてキスをしている現場を。

『………』

テレジアはショックを受けた。好きだと思っていた男には、すでに思い人がいたのだ。考えてみれば、守り手と精霊は一番一緒に居る時間が長いのだ。

『……ばかみたい』

好きな人に、好きな人が居る可能性なんてまるで考えていなかった。彼もまた自分を思ってくれているなんて勝手に思い込んで、彼を思う女がいることに気づいていなかった。

……それでも、テレジアはミクトランを思う気持ちを捨てられなかった。好き。彼が大好き。

「ミクトラン……」

テレジアが目を覚ます。ミタケ火山のなかにある、世界樹のホールだ。テレジアのそばには、ベッドに横たわるアインがいる。彼は苦悶の表情を浮かべていた。

魔眼の効果で失われていく自我と記憶に、彼は必死になって抵抗しているのだろう。

「早く、忘れて。全部忘れて、私と一つになろう……ねえ」

テレジアは愛おしそうにアインの頬を撫でる。彼女の瞳からは涙がこぼれ落ちる……。

☆

ユーリたちはミタケ火山の奥にあるという、世界樹テレジアのもとを目指して歩いていた。

火山は隠しダンジョンになっている。つまりモンスターたちの巣窟。だが……。

「ぐるる……？」「がる……？」「ぐるるぅぅ……？」

周囲には赤い肌を持つ大型のトカゲがうろついている。上級火蜥蜴（ハイ・サラマンダー）。Sランクのモンスターたち。

だが彼らは気づかない。すぐ近くを、非力な乙女たちが歩いていることに。

「わー！　すご、ひのとかげさんだー！」

「ば、バカメイ！　声大きい！　バレたらどうするんだ⁉」

マオがメイの口を塞ぐ。

「にゃー、マオちゃんも結構声おっきーよ」

カノンの言うとおり、かなりの声でしゃべっているにもかかわらず、サラマンダーたちは彼女たちに気づく様子もない。

「あったりまえじゃん。ピナちゃんの幻術、なめんなし☆」

ピナの手にはカンテラが握られていた。

「幻惑の灯火。このカンテラが照らす光を浴びたモンスターは、アタシたちを認識できなくなる」

恐ろしく高度な幻術であった。モンスターたちの意識に働きかけて、ユーリたちの声、姿等（など）の五感情報をシャットアウトするというもの。

「ぴなぴな、大丈夫～？　だいぶ長いこと、魔法使ってるけど」

クルシュが妹へ心配そうに言う。

「あは☆　だいじょーぶだしぃ？　ピナちゃんの魔力量なめちゃいかんよ☆」

だがピナの額には大粒の汗が浮かんでいた。火山の中が暑いからではない。すでにこの強力な魔法を、長時間行使している。

更に言えば、この高度な幻術は、彼女の内包する魔力量は、本体の世界樹と違って限られている。

少しでも気を抜けばこの幻術が解けてしまう。使うのにかなりの精神力が必要となる。ピナは、耐えている。

「……ごめんなさい、ピナ。私たちのなかじゃ、クルシュ姉さんしかまともに戦えないから」

それにクルシュには、この後のために、力を温存しておく必要がある。無駄な戦闘など一度たりともできない。

結局、ピナの幻術を頼りに、奥へ進んでいくしかないのだ。

「だいじょーぶだし、アリスお姉ちゃん。……これは、償いでもあるからさ」

「ピナちゃん……」

ユーリが心配そうにピナを見てくる。姉に笑いかけて言う。

「ごめんね、ユーリおねえちゃん。アタシが余計なことして……聞きたくない真実、聞かせちゃって」

幻術で作られた空間に閉じ込められ、そしてすぐに出ることができた。でもそのときに、ユーリは聞いてしまった。

アインはユーリを女としてではなく、女神として見ていると。女としては見てくれてないと、知りたくもない真実を知ってしまった。

「ううん、良いの。真実が知れて、良かったもん」

「おねえちゃん……」

でもユーリの心を傷つけたのは事実だ。ピナは謝りたかった。ユーリに、そしてアインに。また会って、もう一度ちゃんと。

「にゃ！　行き止まりにゃ！」

今まで一本道だったのに、急に行き止まりにぶち当たった。

道はそこで途絶えており、進むべき先がない。

「どうしよう……」

落ち込むユーリに、マオが笑いかける。

「ククク……貴様らには見えぬか。この道(ロード)が……」

「ろーど？　ろーどってなぁにまーちゃん？」

くいくい、とマオの腕を引っ張るメイ。

「あ、いや、だから道だよ道。あるでしょ、ここに」

だがユーリたちは首をかしげるばかりだ。

「……なるほど、隠蔽術ね。そして認識阻害も」

つまり本当は道があるのだが、魔法によって進めなくなっているらしい。

「ならば我の出番！　さぁ！　真なる道よ、姿を晒せ！　我が魔眼の前に！」

かっ……！　とマオの瞳が青く輝く。すると隠れていた道が現れた。

マオの目はあらゆる魔法、能力を無効化するのだ。

「うぐ……やたらと魔力が吸われた。頭いたい～……」

ふらりと倒れるマオを、クルシュが支える。

「お疲れ～」

「マオちゃん、ありがとう……」

ユーリがマオに治癒を施す。

「いいって。兄ちゃんには、世話になったし。ママンと和解して、外に出てこられたの……兄ちゃんのおかげだから」

だから恩返しがしたかったのだと、マオは言う。

「さ……姉ちゃん、もうちょいだ。あとは……」

やがてユーリたちは、一つの大きな扉の前にたどり着く。隠しダンジョンには必ず一つあるもの。

「……迷宮主(ボスモンスター)の部屋ね」

アリスが扉を見上げて言う。ピナは幻術を解いてへたり込む。

「ぜえ……はぁ……やっとついた。ここを突破すれば、テレジアお姉ちゃんがいるんだよね？」

隠しダンジョンの構造は皆同じだった。ボスを倒して、その向こうに報酬である世界樹がある。

「さすがに……ボス相手に幻術でスルー、はできないよね」

「……そうね。倒さない限り、世界樹のホールへ向かう扉は開かないわ」

アリスをはじめとした精霊たちが息をのむ。彼女たちは自分たちが弱いことを知っている。

ボスとの……モンスターとの直接戦闘は初めてだ。

「だーいじょうぶだぜ、マイシスターたち～」

「そうだよー！　おねえちゃんたちー！」

ぐっ、と親指を立てるのは、二女クルシュ、そして、九女のメイ。

「お姉さんとめいめいが組めば、どんな敵も怖くないからさ～！」

「うぉー！　むてきのこんびねーしょん、みしてやるー！」

クルシュはここまで邪眼を温存している。それは視界に捉えたあらゆる敵を消し飛ばす力を持つ。

「さ、行こうぜ。あいちゃんが待ってる」

ユーリは、前に進めない。この先に待ってるのは、危険なモンスターとの戦闘。アインの目を通して見てきたから。ボスは例外なく強く、そして恐ろしいことに。

「だい、じょー――――ぶ！」

メイがユーリの体に抱きついて、にかっと笑う。

「くーちゃん、強いから！」

「そーだぜ、お姉さん……最強だからよ！」

アリスが近づいてきて、ぽん、とユーリの肩を叩く。

「……みんな、納得してここに来てる。自分のせいで、なんて、自分を責めないで」

ユーリは自分のわがままでみんなを巻き込み、危険な目に遭わせることを恐れていたのだ。でも……精霊姉妹たちはみな笑顔だった。みんなユーリが……アインが、大好きだから。力を進んで貸すのである。

「ありがとう……いきましょう！」

ユーリたちはうなずき、そして扉に手を掛ける。七人の姉妹たちが力を合わせボスへの扉を開く。

……そこには溶岩の海が広がっていた。ずずずず……と音を立てながら、海から顔を出してきたのは……巨大な巨人だ。

「……溶岩巨人（ボルケーノ・ジャイアント）。Sランクモンスターね」

アリスが解説する。Sランク。もちろんアインにとっては楽勝な相手だ。だが……非力な精霊たちからすれば、恐るべき相手。

「こりゃでかすぎる。一発で消すのは無理くさいな」

「ゴボオォオオオオオオオオオ！」

巨人がユーリたちに拳を振り下ろそうとする。身構えるユーリたち。

だがメイだけは両手を前に出して能力を発動させた。

壁から無数の木の根が這い出て巨人に巻き付く。

「だめ！　すぐに炭化しちゃうよ！」

ピナが叫ぶ。溶岩巨人は文字通り体が溶岩になっている。メイの創樹で作った植物では、近づいた瞬間に燃えてしまう。

「メイ！　我がアシストする……！」

かっ……とマオが変身する。彼女はフェンリル……氷の魔獣に変化できる。マオは青龍の娘・青嵐から力の一部を受け取っている。その力をもって変身しているのだ。

マオはフェンリルの能力を使って、マグマの海、そして溶岩巨人の体を凍らせる。

「うごご……！　すぐに蒸発する……でも！」

氷で動きを止めるのは無理だった。だが……温度が下がった。

「うごくなー！」

メイが創樹で、巨人を樹木の繭で閉じ込める。

「くーちゃん……！」

「なぁいす、シスターズ！」

クルシュがホールの壁を身軽に駆け上る。たんっ……！　と壁を蹴って、巨人を包む繭の上に。

「悪いけど先を急いでるんだ。邪魔するようなら……【消えろ】！」

二度、虚無の邪眼を連続で使用する。ぐにゃりと空間がゆがみ、そして溶岩巨人はいずこかへと消し飛んだ。

空中で回転してクルシュがユーリたちの前に着地する。

ぜえはあ……とクルシュ、メイ、そしてマオの三人がへたり込む。

「みんな……！」

全力を出しきった彼女たちは、しかしやりきった笑顔をユーリに向ける。

「とりあえず、二番目の難所はクリアだね〜」

「くく……わ、我もう一歩も動けん……」

「ゆーちゃん……」

ユーリがメイを抱き起こす。

「あと……まかせるね」

ここまで六人の精霊たちが力を尽くしてきた。唯一ユーリだけは、体力を温存している。

この先に、大仕事が一つ待っているのである。テレジアの説得という、最も難しい問題。

「……ユーリ、私たちはここにいる。テレジア姉さんは感情的になりやすい。大人数で行くより、貴女一人が行った方がいい」

「うん……わかってる」

ユーリの瞳には強い決意がこもっている。

「必ず、テレジア姉様を説得して、アインさんを連れて帰ってくる」

姉妹たちはうなずく。ユーリの言葉を誰もが信じている。

ユーリは進む。迷宮主を倒して開いた、扉の向こうに待つ……姉の元に。

愛するアインの元に、ただひとり向かう。

☆

ユーリが姉の元へ向かっている一方、黒姫はQとの戦闘を繰り広げていた。

「げひ！　くそ！　くそ！　はぜろぉ！」

泡の爆弾を投げつける。

だがそのすべては黒姫の結界によって防がれた。

びゅしゅんっ！　と結界の破片がQの体を貫く。

「ぎゃああ……！」

倒れ臥すQに、黒姫はかんざしを投げつけて地面に縫い付ける。すでに長い時間、戦闘が繰り広げられているが、Qは圧倒的劣勢を強いられていた。

（こいつ……強い……！　固いし、強い……！　なんなの⁉）

黒姫は守り手一の結界術の使い手。彼女の盾はQの爆撃を完璧に防ぐ。また、攻撃に関しても、結界を手裏剣のように飛ばすことであっさりと魔族の頑丈な体を切り刻む。

物理攻撃の手段を持たないQ。同じ遠距離での撃ち合いを強いられ、その結果、防御力で上回る黒姫相手にじりじりと体力を削られていく展開となる。

（このままじゃ……やられる……！）

かんざしで縫い付けられて、Qは身動きできなくなった。すでに長い時間の戦闘の結果、逃げる体力がほぼ底をついてるのである。

「観念なさい。貴女はもう終わりよ」

冷たいまなざしがQを射貫く。黒姫の周りには無数の結界の破片が浮いている。逃げる体力も無く、敵は殺す気満々だ。勝機は万に一つも無い……が。

（たとえわずかでも……可能性があるのなら……！）

Qはかんざしを引き抜いて、ばっ……！　と頭を下げる。

土下座のポーズを取りながら、ボロボロと涙を流す。

「う、うぐぅうううううう！　すみませんでしたぁあああああああ！」

大粒の涙を流しながらQは黒姫に訴える。

「全部エキドナに騙されて、やったことだったんですぅうううううううううううう！」

涙も鼻水も垂れ流しながら、Qは惨めったらしく命乞いをする。

「わたしは！　ほんとうは嫌だったんだ！　でもでも！　エキドナが怖くって！　だから！　仕方なく！　あ、あんたの弟を殺したのだって！　エキドナが、そうしろって！　でなきゃ殺されちゃうところだったんですよぉおおおおおおおお！」

もちろん嘘だ。Qはエキドナに気に入られようと自分でやった。羅甲殺害もQが自らの意思で行ったこと。

「……わたしが、その程度の嘘に、心乱されるとでも？」

黒姫の冷たい瞳に動揺は見られない。でもQは演技を続ける。そうしなきゃ勝てない！

「嘘じゃないんですよぉおおお！　本当なんですうううう！　黒姫様ぁああああ！」

わめきながら、黒姫の腰にしがみつく。

「ねえ黒姫様ぁ！　知ってますかぁ！　わたしと羅甲くんは、恋仲だったんですよぉお！　殺しちゃうんですかぁ⁉　弟の恋人をぉお！」

「……嘘ばっか。もう死んで」

だが彼女はかんざしを振り上げて、その眉間に向かって振り下ろす。

「ひぎゃぁあああああああああああ！」

だが……ぴたっ、とかんざしがQのあと少しのところで止まる。

手を止めたのは……。

Qの言葉を、信じてしまったからだ。羅甲の恋人と言う言葉に、もしかして……と可能性を見いだしてしまったから。

「おばかさん」

がぱ！　とQが口を開く。喉の奥から巨大な泡の爆弾が作られる。

「⁉　しまっ……！」

「この距離なら結界は張れないよねぇえ！」

どがぁん！　と泡沫爆弾が炸裂する。もちろんQもただでは済まない……はずだった。

「げひひぃ！　ばーか！　泡沫爆弾はなぁ、術者には効かないんだよぉ！」

爆弾の直撃を受けてくずおれる黒姫の頭を、がんっ！　とQが踏みつける。

「ばーかばーか！　こんな幼稚な嘘に騙されてやーーーんの！　げーひっひっひぃいいい！」

弟の恋人という嘘を、信じてしまったのだ。Qという女が、いかに卑怯(ひきょう)な女かはわかっていたはずなのに……。

「ぎゃはは！　散々わたしのこと、なぶってくれたなぁ！」

泡沫爆弾を使ってQは黒姫をいたぶる。彼女の結界術は強力だが、弱点がある。結界は体の外に展開される。裏を返せば、密着状態で、結界の内側での爆撃は防げない。

自爆にも等しい行為だが、Qは自分の爆撃でダメージを負わない。一方で黒姫は結界で身を守れないためダメージが蓄積していく。

「げほ……！　ごほ……！」

ぼろぞうきんのようになった黒姫を、Qが邪悪な笑みを浮かべて見下ろす。

「ぎゃはは！　立場逆転ねぇ、黒姫ちゃーん！　ほらほら、さっきのわたしみたいに、命乞いしてみなさいよぉ！」

だが黒姫はQの言いなりにはならなかった。その瞳はまっすぐに悪を見据えている。

「んだよぉ、その目ぇ！」

「……勝負はまだ終わりじゃないから」

「はっ！　終わりだよ！　あんたの負けさ！」

完璧な劣勢状態。体力もほぼつきかけ、後一撃食らったら死ぬ……。そこまで黒姫は追い詰められている、はず。なのに……彼女は敗北を認めない。

「むかつく女だ！　とっとくたばれぇえええええええええ！」

Qの右手に特大の泡沫爆弾が生成され、そのまま黒姫の顔面めがけてたたきつけられる。

ザシュッ……！

「んなっ⁉」

Qは驚愕する。自分の腕が、何者かによって切り飛ばされたから。

「だ、誰だぁ……⁉」

振り返ると……そこに居たのは……。

「ら、らら、羅甲ぉおおおおおおお⁉」

黒髪の青年、上級魔族の一人、羅甲。

彼が水の槍を片手に立っていた。

「ば、バカな⁉　あ、あ、あんたはわたしが後ろから吹っ飛ばしたはずなのにぃ⁉」

羅甲は呆れたようにため息をつく。

だが答えない。彼は神速で槍を動かすと、Qをズタズタに引き裂いた。

「うぎゃぁあああああああああ！」

地面に転がるQ。羅甲は姉に近づいて、手を伸ばす。

「ごめん、遅くなって」

「……遅いのよ、バカっ！　バカ！　バカ弟！」

黒姫は歓喜の涙を流しながら、弟の体に抱きつく。

「無事で、良かった……！」

「うん、ごめん、姉上。ほんとごめん」

ぽんぽん、と羅甲が姉のあたまをなでる。

一方でQは不思議でならなかった。

「どうして⁉　生きてるんだよ！」

「確かに僕は死んだよ。……でも、保険をかけておいたのさ」

「保険だぁ⁉」

こくんと羅甲がうなずく。

「アインくんのルーペに、玄武の加護……つまり玄武の力を分けておいた。加護が不要になったら僕の元へ戻ってくるようにって、まじないをかけておいたのさ」

玄武の力の一部が羅甲の死後に戻ってきた。それが生命力となって再生した、というわけである。

「抜け目ない子ね」

「姉さんに似たからかな」

二人が朗らかに笑う。Qは絶望の表情を浮かべていた。すでにボロボロなところに、上級魔族と、四神の娘。明らかに劣勢。

「ご、ごめ……」

命乞いをする前に、羅甲は水の槍を構え、黒姫は結界の破片を操作する。

「『許すか、馬鹿女！』」

姉弟の力が合わさって、水が無数の刃へと変化する。それはQという存在を、ちり一つ残さないくらいにズタズタに切り裂いた。……そのあとには、何も残っていなかった。

「姉さん、大丈夫？」

「大丈夫なわけ無いでしょ、愚弟！」

ぺちぺちぺち、と黒姫が弟を叩く。

「痛い痛いって！　僕だって結構ふらふらなの！」

「うるさい馬鹿！　もうっ！　もうっ！　心配したんだからぁ！　うわぁぁあああああん！」

黒姫が弟にタックルして、そのまま腹の上で大泣きする。それはいつも母の余裕を持って、アイン等に接していた彼女が決して見せない……姉としての顔。

羅甲は申し訳なさそうに顔をゆがめて、そして姉を抱きしめる。

「ごめん、姉上。ただいま」

黒姫は謝った弟に向けて、笑顔を向ける。

「ええ、おかえり」

こうしてQと黒姫の戦いは、弟・羅甲の介入もあって、黒姫の勝利となったのだった。

☆

黒姫が勝利した一方。

ユーリはついに、姉の待つ、世界樹のホールへとやってきた。

「…………！」

マグマの海の向こうには一本の光り輝く大樹があった。あれが姉、テレジアの世界樹だ。

だが彼女とテレジアの間にはマグマの海が広がっている。橋らしきものは見当たらない。

「…………」

引き返したくなる。でも……ユーリは歩を進めた。目を閉じて、思い切りマグマの海に飛び込む。

本来なら体がマグマを焼いて、一瞬で死んでいただろう。だが今彼女の体を包んでいるのは、適応の能力。

青嵐から、アインとカノン経由で付与されたその力はどんな場所にも適応できるというもの。つまりこのマグマの中でも死なないということ。

……だとしても、だ。マグマの中に飛び込むことに、どれほどの勇気が必要だったろうか。能力が発動しない可能性だってあった。それでもユーリは覚悟を見せたのである。

「はぁ……はぁ……はぁ……」

マグマの海をユーリは泳いで渡る。能力が切れたら一瞬で焼け死ぬ。その恐怖がユーリの胸に満ちる。だが彼女は泳ぐ。進む。立ち止まることはせず、まっすぐに姉の元を目指す。

「ぎしゃぁあああああああああ！」

マグマの海からモンスターが顔をのぞかせる。

ユーリは……それでも、泳ぎ続けた。

モンスターがユーリを……スルーする。

彼女の首にはピナの作った幻術のカンテラがぶら下がっていた。

モンスターはユーリに気づくことなくマグマの海を漂う。

やがて、ユーリは海を渡りきり、浮き島へとたどり着いた。

「げほっ！　ごほっ……ゴホッ……！　ごほ……！」

ピナの作ってくれたカンテラは消え、ユーリを包んでいた適応の力も消え失せる。

むわりと、マグマによる熱気が、ユーリの肌と肺を焼く。

それでも彼女は笑った。

「アインさん……」

世界樹の根のもとにベッドが置いてあって、アインは眠りについている。

良かった……生きてる……大好きな人が生きてる。それだけでユーリは良かった。

だが……彼女の前に一人の女が立ち塞がる。テレジアだ。

「……あなた、どうして？」

テレジアは妹に、異質な者を見る目を向ける。

「……このモンスターも泳ぐマグマの海を、どうして渡ってこられたの？」

幻術があったとしてもあんな恐ろしいモンスターのうろつく中をひとりでこられるわけがない。

テレジアは妹の性格をよく知っている。優しいが、気弱で、姉妹がケンカしてるだけで泣いてしまうような子だった。だが今はどうだろう。

あんな危険な海を渡って一人でやってきた。なぜだ……？　テレジアは不思議だった。どうして、ここまでするのだと？

「お、ひさしぶりです……テレジア姉様。さっそく、だけど……アインさんを……返して」

……テレジアはユーリの瞳を見て気づく。この妹は、アインを好いているのだと。愛の力だ……。アインへの愛がここまで、ユーリを強く成長させたのだと。

「……嫌よ」

だがテレジアは譲らない。彼女にとってもアイン……ミクトランは、大事な人だったから。

「どうして？」

「ミクトランは、私のものだから」

「姉様……」

ユーリが近づこうとする。だがテレジアは能力を発動させる。

「【動くな】！」

誓約の魔眼。視界に入っている相手に、無理矢理言うことを聞かせる能力。ユーリはその場から動けなくなる。

「【そのまま帰れ！】」

ユーリの足が、一歩後ずさる。後ろに控えているのはマグマの海。適応能力がない今、彼女はマグマの海に消えて死んでしまう。

だがパチン、とテレジアが指を鳴らした。

ずぼぉ……とマグマの中から橋が出現する。どうやらテレジアの意思でこの島と入り口とを結ぶ橋が出現するようだった。

「せめてもの情けよ。ユーリ。帰りなさい。そして地上で好きに生きるの。この男を忘れて」

魔眼の力で、ユーリは帰ろうとする……だがぐっ、と立ち止まる。

「なに⁉」

「いや、です！　わたしは……帰りません！」

体をふるふると震わせながらユーリははっきりそう言う。

「馬鹿な！　魔眼は効いてるはず……！　か、【帰れ】！」

「いや！」

「どうして⁉」

「あいしてるから……！」

テレジアは気づく。妹の体が悲鳴を上げていた。体は命令に従って動こうとする。それをユーリが無理矢理とどめている。ぐきっ、と足が折れる音がする。でもユーリは治癒術を使ってすぐに足を治し、その場に立ち止まる。

「【帰れ】！【帰って】！【帰りなさいよぉおおおおおおおおお】！」

魔眼は問題なく発動している。ユーリの体は帰ろうとする。だが……頑として動こうとしない。諦めない。

やがてどれほど繰り返したことだろう。

ユーリの体はボロボロだった。テレジアは治癒術で再生するより多くの、相手を痛めつける命令を出した。でもユーリは引かなかったのだ。

フラつきながら、ユーリがテレジアに近づいてくる。

「いや……来ないで！　帰って！」

「………」

「あ、あんたまで私から！　ミクトランを奪うというの⁉」

「………」

「エキドナも！　ユーリも！　嫌い！　みんな嫌い！　信じられるのはミクトランだけ！　ねえ起きてよミクトラン！　私のために……！」

ぱぁん……！　と、乾いた音がホールに響く。

テレジアは目をむいていた。何をされたか最初わからなかった。

目の前にいる妹は……怒っていた。振りかぶった右手、痛む左頬から……自分は妹にぶたれたのだと気づく。

「ユーリ……」

博愛主義者のユーリが、姉妹には特に優しいユーリが……。

自分の家族に、初めて、手を上げたのである。だがそれは決して、姉を傷つけるためのものじゃなかった。

「目を覚まして……姉様！」

ユーリが訴える。そう、誤った方向へ進もうとする子供を叱りつける、親のように。

「その人は、アインさん！　ミクトランさんじゃない！　あなたの大事な人はもう死んだの！」

頬の痛みが、ユーリの言葉が、テレジアに一つの真実を伝える。……ああ。

「ユーリ……あなたは、この人間を、そこまで愛してるのね……」

気弱な妹がこんな危ない場所に来たのはなぜか？　マグマの中を泳いでこられたのはなぜか？

決して家族に手を上げなかった彼女が、声を荒らげ、手まで上げたのは……どうしてか？

簡単だ。アインが好きだから。愛してるから。愛する男のために……彼女は勇気を振り絞ってここまで来たのだ。

「……わかってた。わかってたよ」

ずしゃり、とテレジアがへたり込む。

「そこの彼が……ミクトランじゃないって……。わかってた……エキドナの嘘だって……でも……私にはもう……すがりつくものが、他に何もなかったから」

テレジアは狂人ではないのだ。ただの心の弱い女だった。ミクトランの死を受け止められずに居たところを、エキドナにつけ込まれた。

その優しい、甘い嘘に浸っていた。

「何もなく、ないですよ」

ユーリもまたしゃがみ込んで、姉を抱きしめる。優しいその抱擁からは、温かい愛情を感じた。

「わたしたちがいます。家族が……みんなが、います」

「あなた……許してくれるの？　私を……あなたから、大切な人を、奪った……この私を？」

ユーリは抱擁を解いて、ニコッと笑う。

……ああ、とテレジアは敗北を認める。負けた。勝てるはずがそもそもなかった。かりそめの愛にすがりつこうとする自分と、真実の愛のために体を張る妹。どちらが上かなんて、言うまでもない。競うまでもなく、テレジアは負けていたのだ。

「ごめんなさい……ユーリ……本当に、ごめんなさい……」

「ううん、いいの。テレジア姉様。一緒に……アインさんに、みんなに、謝ろう？」

こくこく、とテレジアはうなずく。やっと、妹と会えた気がした。

ほっ、とユーリは安堵(あんど)の息をついて立ち上がる。

「アインさん……」

愛(いと)しい彼の元へと向かう。だが……。

「あ、アイン……さん……？」

彼は、ベッドの上でピクリとも動いていない。

「!?　そ、そんな……！　アインさん！　目を覚まして……アインさん！」

ユーリが眠るアインの体を揺する。だが……反応を示さない。

「あらあら、遅かったわねえユーリぃ？」

世界樹の上に、誰かがいた。

「エキドナ……姉様！」

ダークエルフの女エキドナが、すとん、と地上に降りてくる。

「どうやらアインの自我は完全に崩壊してしまったようよぉ」

「そんな……！」

アインはよく見るとうつろな目をしていた。廃人状態になっている、ということだろう。

「ユーリ！　その女の言葉に騙されないで！」

テレジアがユーリの肩をつかんで揺する。

「そいつは悪魔！　エキドナじゃないわ！」

「悪魔……」

「そう！　だからユーリ！　あなたはその子を……アインを迎えに行って！」

すっ、とテレジアが杖を取り出す。

「これからあなたの魂を、アインの体の中に送り込む！　アインは今自我が消えかけている！　あなたが直接行って、その自我を救い出してくるの！」

難しいことはわからない。でも……アインを助けなきゃいけない。そのことだけはわかった。

「行ってきます！」

テレジアはうなずいて、魔法を発動。ユーリが眠りについて、その場にくずおれる。

「なぁに？　正義の味方気取りなのテレジア？　あなたのせいでアインは死にかけてるのに？」

ふんっ、とテレジアが鼻を鳴らす。

「そうやって言葉を使って人をそそのかすのが、お得意のようね。アンリ」

びきっ、とエキドナの額に血管が浮く。

「……その名で呼ぶな」

ごご……と彼女の体から黒々とした魔力が噴き出る。

ふんっ、とテレジアが鼻を鳴らす。

「何度でも呼んでやる。エキドナに負けた嫉妬深い女アンリ」

「その名で呼ぶなと、言ってるだろうがぁああああああああああああ！」

エキドナが構えを取る。テレジアもまた杖を構えて対抗する。

……ユーリ、頑張って。テレジアは妹に激励を送り、偽エキドナと戦う。

☆

ユーリがアイン救出に精神世界へと向かった、一方その頃。

白猫は竜人リドラとの死闘を繰り広げていた。

高速の斬撃をリドラに食らわせる。その動きにリドラは完全に追いつけていない。

だが決定打を打てないでいる。

（こやつ、ただ体が硬いだけじゃない。攻撃を受ける瞬間に体の芯をずらして、直撃を避けている
……！　なかなかの武人……！）

「おらぁ……！　どうした女ぁ……！　速度が落ちてきてるぞぉ！」

白猫の連続斬撃を素手でいなしながら、リドラが蹴りを食らわせる。白猫は闘気剣(オーラ・ブレード)を交差させて身を守る。その刃を砕くほどの強烈な一撃がお見舞いされる。

「ぐぅ……!」

後ろに吹っ飛ぶ白猫。だがリドラの表情は硬い。

「ちっ……! 後ろに跳んで勢いを流しやがったか」

遥か後方へと飛ばされて、白猫は地面に転がる。

「はぁ……はぁ……はぁ……」

全力で後ろに跳んだ。直撃は避けた。だが……衝撃波が体にダメージを与える。

「がはっ……!」

口から血を噴き出す白猫。片膝をついて肩で息をする。

「はっ! もうボロボロじゃあねえかよ」

「それは……お互い様でござろうが……」

ぴしっ、とリドラの足に亀裂が走る。ばら……と足がバラバラになった。

「こ、こいつ……攻撃を受けるあの一瞬で、斬撃を繰り出してやがったのか⁉」

リドラの目には白猫の斬撃が見えていなかった。

彼女は速度で、リドラはパワーで、それぞれを上回っている。お互いが一級品の速度と膂力(りょりょく)を持っているからこそ、なかなか決着がつかないで居た。

だが……体力にも限界がある。

（こうなったら……もう出し惜しみは無しでござるな）

白猫は全闘気を体から放出させる。ばち……ばち……！　と白い雷が体にまとわりつく。

「闘気を雷に変えてやがるのか……！」

闘気は大気中に満ちる生命エネルギーを取り込み、運動エネルギーに変える技術。だがその使い道は多種多様。体の強化、武器の切れ味上昇なんてものは、闘気の使い道の初歩の初歩。

真の闘気使いは、闘気を雷へと変化させて、体を強化する。魔法の雷は相手を傷つけるだけ。だが闘気で作った雷は己の力を格段に飛躍させる。

雷による速度強化。

「虎神一刀流、奥義……！　【迅雷一閃・神速】！」

音を、置き去りにする速さ。それはまさしく迅雷のごとく相手に特攻し、纏った雷を刃に載せての居合抜き。リドラは何が起きたのかさえ知覚できなかった。彼は目にも留まらぬ速さで首をはねられ、そして膨大な量の電撃を体に受けた。

白猫は自分の体を自分で止めることができず、そのまま地面を転がる。

「はぁ……！　はぁ……！　はぁ……！」

体の中の力を、すべて振り絞った。そうでなきゃ勝てない相手だった。

もう、体が動かない。

「強い……男で、ござった……」

だがこれで、最大の懸案事項が消えたといえる。あとは味方が魔族を押し返してくれれば、アインがたとえ戻らぬとしても……。

「強えな、おまえ。強いな、女のくせによお……」

「⁉　そ、そんな……馬鹿な⁉」

そこには無傷のリドラが立っていたのだ。

信じられない……。

「せ、拙者の一閃は、確実に貴様を、細胞のひとかけらものこらず、消し飛ばしたはず……！」

「ああ、そうさ。オレ様は死んだ。一度な」

自分の種を明かすほどに、彼には余裕がある。一方で白猫は追い詰められていた。やばい、やばいと体が訴える。動かないといけないのに……指の一本も動かせない。

「魔族は能力(アビリティ)を必ず持ってる。不思議に思わなかったか？　オレ様が一度も能力を使わなかったのを。否……オレ様は使わなかったんじゃねえ、使わせてもらえなかったのさ。なにせ、オレ様の能力は、一度死なないと発動しない」

「死なないと、発動しない……だと？」

「ああそうさ」

リドラはうれしそうに、絶望の表情を浮かべる白猫に言い放つ。

「オレ様の能力は、【起死回生(オート・リバース)】。死ぬと発動し、完璧な状態で生き返る」

「そせいの……能力……」

「そういうことだ。死なないと発動しない。もっとも、オレ様を殺すやつなんて今まで一度もいなかったから、使った事なんてなかったんだがよ」

　ぼろぞうきんのように転がる白猫に、リドラが言う。

「たいしたもんだ、オレ様に能力を使わせたのは女、おまえが初めてだからよ」

　リドラがしゃがみ込む。

「ここまで追い込んだ褒美だ。俺の女になる気はないか？　可愛がってやるぞ、愛玩用としてな」

　屈辱だった。ここまで言われても、切り返すことができない。死力を尽くして倒した相手が、まさか蘇生能力持ちだったとは……！

「こと……わる……」

「あ、そうかよ。じゃ、死ね」

　リドラが足を振り上げて、白猫を思い切り踏み潰す。

　白目をむいている。ぴくぴくと動いているところから……まだ生きてはいるのだろう。

「ま、ああは言ったが、強いやつは好きだぜ。殺さないでおいてやるよ。てめえは、オレ様が可愛がってやる。全部が終わるまでそこで寝てろ」

　リドラは白猫を撃破し、領主の館へと向かう。中には誰も居なかった。

「襲撃は織り込み済みで、待避させたのが徒となったな」

　屋敷の中に気配が一つある。リドラはそこへ向かう。地下室には、銀髪の幼女がいた。

　その背後には魔神の核が二つ、宙に浮いている。それは赤いクリスタルの卵のようなもの。

　魔神核の周囲には、何十もの魔法陣が描かれている。

「封印術か」

「ああ、貴様らの襲撃より早く完成させたかったがな」

賢者ウルスラが杖を構える。リドラはこの女からも強者の波動を感じる。

「どけ、と言ったら？」

「殺す、ただそれだけじゃ」

フッ、とリドラが笑う。

「ああいいぜぇ、てめえからも強い力を感じる。オレ様は強いやつが大好きだ！」

ごおぉぉお！　とリドラの体から闘気が噴き出る。それは白猫戦で見せたときよりも、何倍も大きなものだった。

「オレ様の起死回生は、一度死ぬと強くなって還ってくるんだぜ？　死ねば死ぬほど強くなる力……！　しかもまだ……六回死ねる」

つつぅ……とウルスラの額に汗が流れる。白猫が、決死の覚悟で特攻をかまし、やっと一度殺しきれる相手。だが七回殺さないと倒せず、しかも殺すたびに強くなると言う。

「でも、逃げねえか」

「ああ、当たり前じゃ！」

杖先をリドラに向けて極大魔法を放つ。だがリドラが軽く手で払っただけでかき消える。

「やろうぜ女ぁ……！　てめえを倒して、その魔神核、もらい受ける！」

「させぬ！　わしはこれを死守する！　なんとしても！」

☆

ユーリは暗い海の中を泳いでいた。

ここがどこなのかわからない。気づいたらここにいた。彼女は何も身につけていない。

(そうだ……アインさんを助けに、来たんだった！)

すぐに使命を思い出し、周囲を見渡す。

(ここはどこ……？　たしか、テレジア姉様は、わたしをアインさんの中にとかどうとか……)

ユーリは暗い海の中を進んでいく。やがて……。

「うぇーん！　うぇーん！」

誰かの声が聞こえてきた。幼い男の子の声だ。ユーリは声のする方へと泳いでいく。

突如、光の世界が広がった。

「うぇーん！　おかーさーん！　おかーさーん！」

そこは何もない田舎町だ。小さな、そして粗末な墓の前に立っているのは黒髪に、黒目の少年。

ユーリは気づく。そこに、愛しい彼の面影を見いだしたから。

「アインさん……！」

空中にいたユーリが地上へと降り立つ。彼に手を伸ばすが、すかっ、と空を切る。

「どうして……」

そしてユーリは自分の体が透けている事に気づく。自分は精神体であって、彼からすれば幽霊のようなもの。

「うぐ……ひぐ……お父さん……お母さん……」

ユーリは見る。彼の前にあるのはお墓。そして彼の言葉。

「アインさんの……お父さんと、お母さん……」

そういえば以前聞いたことがある。アインの両親は既に他界していると。

「ここはアインさんの過去の世界……」

ユーリはアインの後ろから、両親が居なくなった彼の様子を見やる。

「やーい！　ふぐーしょくー！」

「あっちいけー！　ふぐーがうつるだろー！」

村の子供たちからハブにされているようだ。この世界は生まれたときにすぐ、女神から職業(ジョブ)を得るという。

アインは最底辺の職業、不遇職と揶揄(やゆ)される鑑定士だった。

それゆえに子供たちから馬鹿にされていた。

……さらにくわえて、アインの両親の死。村の大人たちはアインを厄介者のように扱う。

「……不遇職なんだろ？」「……この村に残しても、利益にならんぞ」「……早く追い出せよ」

子供を追い出したとなれば悪い評判が出る。ということで、お情けで生かして貰っていた。

両親もいない、周りからはさげすまれる、でも……彼自身はどうにもできない。

「アインさん……可哀想……」

アインはただ泣いていた。毎日ずっと泣いていた。彼はこんな辛い過去を背負っていたのだ。

「知らなかった……アインさん……」

やがて子供のアインが、ぼそりとつぶやく。

「もう……死んじゃおっかな……」

その言葉には真に迫るものがあった。本気で死を覚悟しているようだ。

「もう……生きてても……良いことは何にもないし……こんな、生まれたときの職業で、なにもかもが決まる世界なんて……生きてても、しょうがないじゃないか……」

それはアインの本音のように思えた。ユーリは耐えきれなくなって、声を張り上げる。

「そんなことない……！」

びりびり、と空気を震わせるほどの大声。やっと、彼がこっちを見てくれた。

「だれ……？」

アインは、ユーリを見ても気づいてくれない。当然だ。ここは過去の世界なのだから。

「わたしは、ユーリ。あなたに、アインさんに、救って貰った精霊です」

「おれに……？　すくってもらった……？」

ユーリがうなずく。でも、幼いアインは信じてないようだ。

「そんなわけないよ……だっておれ……不遇職だぜ？　人を救えるような職業じゃないよ……」

うつむく彼に、ユーリは近づいて、しゃがみ込む。

「本当です。あなたは将来、強く成長して……たくさんの人を救い、笑顔にしていくんですよ」

ユーリが安心させるように笑いかける。でも幼いアインは頑なだった。

「しんじられないよ！　だって不遇職なんだ！　要らない子なんだ！　それは変わらないんだ！」

……いつの間にかアインは、青年の姿になっていた。後ろを向いてうつむいている。

「俺は……ユーリに会って変わった。不遇職の鑑定士から、戦士に、守り手になった……でも！

でも！　俺は俺のままだ！　弱いままなんだよ！」

彼の姿がまた幼いものへと戻る。

「英雄なんてもてはやされてるけど、おれの本質なんて変わらないんだ。おれは弱いんだ。弱いから……みんなを危険にさらしちまった」

光景が変わる。アインの故郷から、カノンのいた世界樹のホールへ。そこでは魔族ヤードックによって、アインは敗北し、そして精霊たちの死体が散らばっている。

「白猫がいなかったらこうなってた……。おれは、思い上がってたんだ。みんなが褒めてくれるから、英雄だって言ってくれるから……強くなったって……錯覚してた。でも……」

また場面が変わる。またアインの故郷に。アインは幼い姿のままだ。

「もう……帰ってくれよ……ユーリ。俺は……もう疲れたよ。いくら頑張っても……力を付けても……強くなれない。当然だよな……根っこの部分が、不遇職の鑑定士なんだから……最底辺のクズなんだから……ユーリ……君を守れない」

アインの姿が、消えていく。彼が……。

「バカッ！」

ユーリは後ろからぎゅっと抱きしめた。幼いアインが驚き、こちらを振り返る。

「バカ！　アインさんのバカ！」

「ば、バカ……って、ユーリ？」

「そうですよ！　あなたはバカですよ！　アインさん……！」

ユーリは涙を流しながら、アインに訴える。

「わたしが……わたしがいつ！　あなたに！　強くなってって言いました⁉」

ぎゅっと、ユーリは強く抱きしめる。

「でも……俺はユーリに、恩を返したい……」

「そんなのいいですよ！　恩なんてどうでもいい！　返さなくていいよぉ……！」

「じゃあ……じゃあ、どうしてほしいんだよ、おまえは……？」

ユーリは、幼いアインの目を見て言う。

「そばに、居て」

「そばに……？　それだけ……？」

こくん、とユーリがうなずく。

「わたしは……アインさん、あなたが好きです」

ずっとずっと、ユーリはアインに言い続けてきた。好きと、言葉と態度で。でもアインは全然取り合ってくれなかった。本気になってくれなかった。

「でも……でも俺は……ユーリに愛してもらえる資格なんて……」

「なんですか、資格なんて。愛し愛するのに、資格なんているんですか？」

アインは答えない。ユーリは微笑みかけて、幼いアインを抱きしめる。

「わたしは、アインさんが守り手だから好きなんじゃない。英雄だからでも、不遇職の鑑定士だからでも、ないですよ」

「優しくて、ちょっと鈍感で……でも、真面目で、やっぱり優しい、あなただから好き」

最高の笑顔を、彼女はアインに向ける。彼がまた、立ち上がってくれるように。

いつしかアインは、大人の、元の姿に戻っていた。

「あなたの目を通して、わたしは世界を見てきました。たくさんのものを見て……たくさんの幸せな気持ちを貰いました。家族にも会えました。だから……だからもう、恩返しは十分です。わたしを使命感で、守らなくていいんです。無理に強くなろうとしなくていいんです。あなたは……あなたのままでいい」

アインは顔を上げる……だが、またうつむいてしまう。

「おまえへの恩返しが、もういいなら……俺は、どうすりゃいいんだよ……これから先……」

ユーリは微笑んで、また抱きしめる。

「わたしの旦那様に、とかはどうでしょうか」

「え……？」

目を丸くするアインにユーリは言う。

「だってすることがないんでしょう？　なら、わたしのそばにいて、一緒に笑って、一緒に泣いて、そして……一緒に幸せになりましょう」

彼女が抱擁を解いて、手を伸ばす。

「わたしはあなたに、あなたであること以上を望みません。アイン・レーシック。守り手としてでなく……一人の男の子としての、あなたにお願いがあります」

ユーリは、言う。ありふれた、言葉で。シンプルな言葉で、彼に届けと祈りながら……。

「あなたが好きです。わたしと、付き合ってください」

☆

一方で、朱羽と青嵐は人間たちと協力して、魔族を追い返しているところだった。

『くっ。じり貧や。さすが腐っても魔族。再生力も基礎スペックも人間を凌駕してやがるやん』

『……敵の数も異常だ。どう考えてもこの後のことを考えていない。魔界の全魔族を連れてきたとしか思えない』

『せやな。おかしい。やつらここで負けたら全滅やぞ？　わかっとるんか……？』

青嵐と朱羽が真の姿で飛びながら、敵を掃討していく。

「いける！　このままならおれたちが勝つ！　アイン様の土地を守れるぞ！」

コディが声を張り上げると、人間たちが応じる。魔族たちはこのまま負けるのではないか……と恐れたそのときだ。

ずんっ……！　と、異質なオーラがレーシック領全域に広がった。

『なんや⁉　ぐわぁあああああああ！』

『あれは魔神の波動……！　くっ……！』

朱羽と青嵐は黒いオーラに吹き飛ばされて、地面に転がる。人の姿になったふたりは、立ち上がれないでいる。

「ぐ……なんて邪悪なオーラ。体に力が入らへん……！」

「……まずいぞ、朱羽。魔神だ……新たなる魔神が、生まれてしまったのだ……！」

空中に立っているのは、リドラだ。

ただし、その体は真っ黒に染まっている。

小さい。だがその体に秘めた力の大きさは、測りきれない。

人間たちがドサリ……と気絶する。否……。

「し、死んどる……⁉」

「エネルギードレインだ……！　やつは……生命力を吸っている！」

すた、とリドラが地上に降り立つ。一歩、一歩、歩いてくる。それだけで命が吸い取られる。

「ぐあぁ……！」

【ほぅ……さすが四神の娘たち。この程度じゃ死なねえかぁ】

リドラが二人を見下ろす。

「てめ……白ちゃんとウルスラちゃんどないしたん？」

【ああ、あの賢者どもか。食ってやったよ、殺して、その魂をな】

リドラの全身は黒いオーラの鎧に包まれている。がちがち……と笑うたびにその凶悪な歯が口の間からのぞく。

「最悪や……！　アインちゃんは間に合わず……魔神は復活してしもうた……！　白ちゃんもやられて……うちらはもう……戦えない……！」

戦える人間を集めたのも悪手となってしまった。

魔神リドラのエネルギードレインによって、全滅してしまった。対抗できる人間側の戦力が大幅に削れてしまったことを意味している。

「おお！　さすがリドラ様！」「これで人間界も我ら魔族のものですな……！」

喜ぶ魔族たち。劣勢のところ、味方が更に力を得て戻ってきたのだ。希望の光にみなが目を輝かせる。だが……すぐにその瞳から光が消えた。どさ……！　と生き残っていた魔族たちが皆死んだのである。

「……貴様、仲間の命さえも贄とするか！」

青嵐から非難され、にらまれても、リドラはふんっ、とバカにしたように鼻を鳴らす。

【仲間ぁ？　はんっ！　オレ様に仲間なんぞ最初から居ない！　オレ様がナンバーワンで、オンリーワン！　天上天下！　この世界で生命の頂点に立つのは、オレ様ただ一人でいい！】

現に、この地に立っているのは魔神リドラのみ。朱羽も青嵐も、絶望していた。負ける……勝てない。こんな化け物に……勝てるはずがない……。

「もう終わりや……アインちゃんが間に合ったとしても魔神となったこいつには……かなわへん」

守れなかった。娘も、娘が暮らすこの青い星の大地も。今……まさにどす黒い悪意によって、希望がすべて……塗りつぶされそうになっている。

【くく……世界を食らうまえに、前菜といくか】

朱羽の腕を持ち上げる。

がばぁ……！　とリドラが大きく顎を開く。万事休す……。

リドラが手を離し、朱羽が魔神の口の中に落ちていく……。

そのときだった。

ぼっ……！　と何かが高速で通り過ぎた。

【ああん？　誰だぁ……！　オレ様の食事の邪魔をするやつはぁ……⁉】

気配を感じる。強い気配だ。見上げるとそこには……翡翠と黄金の瞳を持つ、剣士がいた。

「！　あんたは……！」「おまえは……！」

【アイン・レーシック！】

四神の娘たちは笑顔で、魔神リドラは憎々しげに……。

空中に立つ……アインの姿を、その目に捉える。

「すまねえ、朱羽。遅れちまった」

ふわ……とアインが地上に降り立つ。

朱羽を下ろすと、精霊たち八人が、その場に勢揃いしていた。

「母さん……！」「アリス……！」

ボロボロの母をアリスが抱きしめる。

【はっ！　アイン……！　待ってたぜぇ！　さぁ、今すぐ勝負……】

目の前に居たはずのアインが、消えていた。

【なっ⁉　どこに……】

後ろを振り返ると、ボロボロのウルスラ、白猫、黒姫、そして羅甲。アインの味方たちがいた。

「ユーリ、治癒を」

「はいっ！」

ユーリが治癒術を発動させる。一瞬でボロボロだったみんなが回復する。

「ユーリよ……やったのだな。小僧を……連れ戻したのだな……！」

さっきまで瀕死だったウルスラが、ユーリに抱きついて問いかける。歓喜の笑みを浮かべる母に、笑顔をもってユーリがうなずく。

「よくやった……！　おまえは、強い子だ……！　凄い子じゃ！　さすがじゃユーリ！」

感動の再会をする一方で、リドラは戦慄していた。

【なんだ……なんだおまえ⁉　今何をした⁉　一瞬で仲間たちを集めてきただと⁉】

「ああ、何かオカシイか？」

動揺するリドラをよそに、アインは……実に穏やかだった。

微笑んでいる、わけではない。その瞳は凪いだ海のようで、大きな感情の起伏はない。

だが……なんだ。なんだこれは……。

まるで、巨大な樹木を前にしているような……そんな気配すら漂わせる。

たかが人間が、である。

【バカな！　人間にそんな、そんな芸当できるもんか⁉】

「ああ、まあ人間には無理だろうな」

【おまえ何言って……？】

アインは周囲を見渡す。死体の山が築かれていた。アインの仲間、そして敵対する魔族達。

「てめえが、やったんだな」

アインは今ここに至っても、まだ怒っていなかった。ただ、確認してくる。

【だ、だからなんだ……⁉】

「そうか。じゃあ、遠慮無くてめえをぶっ倒しても良いな。ユーリ！」

ユーリが、アインの隣に並び立つ。

「力、借りるぜ……ああ、違うな」

ぼりぼり、とアインが黒髪をかく。

「俺たちで、こいつをぶっ倒そう。ふたりで、力を合わせて……！」

今までのアインにはない概念だった。いつだって少女たちの思いを、能力を背負って戦っていた。

彼はいつも言っていた。力を貸して欲しいと。

だが今は違う。力を合わせて戦おうと、ともに……並んで、戦おうと言った。

スッ……とユーリがアインに手を重ねる。穏やかな笑みを浮かべて、うなずく。

「はい……アインさん……ううん。アイン！　共に！」

二人の体が、黄金に輝く。まるで太陽と錯覚するほどに、強い輝きを放つ彼ら。

【こ、この力は神の力……⁉　バカな、人間ごときがぁああああああああああああ⁉】

一方で白猫は希望に満ちた表情で彼らを……否。彼を見つめる。

「アイン殿……ついに、たどり着いたのでござるな！」

黄金の輝きがどこまでも広がっていく。死体となった人間たち、魔族たちに等しく降り注ぐ。

「んあ……お、おれはいったい……？」「おれたちは確か死んで……？」

死体となった人間達が、そして魔族達が息を吹き返す。

「奇跡じゃ……神の奇跡を目の当たりにしておる……！」

ウルスラの言葉に白猫は笑顔で首を振る。

「いいや違うでござる。れっきとした、人間の……アイン殿たちの力でござる……！　今の彼らなら……神の力を纏った、彼らなら！」

アインとユーリ。二人の声が、重ねる。

「「霊装……展開！」」

その瞬間、はげしい光の奔流があたりに広がっていく。戦いによって傷ついた大地すらも元通りになっていく。

やがてその強い光が、高密度のエネルギー体となって一つの形をなす。

「ユーリ……？」「いや、お兄さん……？」

ウルスラとピナが呆然と見つめる。

そこにいたのは、長い金髪をした、男の姿だ。

白いマントに、白い装束。右手には白銀の剣を持ち、両目は翡翠。

ユーリとアイン、二人を掛け合わせたような姿。

「これぞ霊装！　拙者たち剣術使いが、最後にたどり着く究極の姿！　精霊を纏い、神の力を手に入れた、アイン殿の新しい姿でござる……！」

霊装をまとったアインは、白銀の剣を、敵である魔神に向ける。

「さぁ、魔神。けりを付けようぜ。俺たちが……相手だ！」

☆

俺……アイン・レーシックは帰ってきた。愛しい彼女と心を通わせ、究極奥義を身につけて……再び、この愛すべき領民たちの待つ土地に。

【霊装……だとぉ⁉】

レーシック領上空にて、魔神となったリドラと俺は相対している。黒い鎧の竜人とも言うべき姿のリドラ。俺の眼はやつの強さを正確に鑑定する。

「上級魔族を遥かに凌駕する力……トールとドゥルジを取り込んで魔神となったわけか」

【何を冷静に分析してやがるんだてめえ……！】

ごぉお……！　と怒気が周囲に広がる。それだけで草木が枯れていく。

『アイン、リドラの闘気は周囲の生命を食らうみたいです』

「おう、サンキューユーリ」

すっ、と俺は剣を持っていない方の手を前に出す。翡翠の光が周囲に広がる。

枯れ果てた大地が一瞬で元に戻る。そして人間、魔族たちを、悪しき闘気から守った。

【て、てめえ……！　なんだそりゃあ！】

「ユーリの治癒の術の、ま、ちょーすげー版ってやつだな」

『もう。神となったアインの闘気には、生命力を吹き込む性質がある、でしょう？』

「ああ、そうだったな」

俺とユーリの意識は完全に繋がっている。俺の鑑定能力をユーリも使えるし、ユーリの治癒術を高いレベルで俺が行使できる。

「霊装とは……すなわち、人が精霊の力を、精霊が人の力を使えるようになり、ともに力を合わせて神に並ぶということなのか……さすがじゃ、アイン、そしてユーリよ！　さすがじゃあ！」

地上でウルスラが俺たちを褒めてくれる。

「あとでみんなに謝らないとだな。ユーリ」

『そうですね、アイン。いっぱいいろんな人のお力を借りましたし』

「こりゃ謝るのも時間がかかるぞ」

『付き合いますともっ』

俺たちは心穏やかに、この後の予定を話していた。

一方で魔神は憤りをあらわにして俺にくってかかる。

【てめえ！ なーにのんきにこの後の事話してやがる⁉】

「え、だっておまえもう……俺たちに勝てないからよ」

ぶちんっ、と相手の血管が切れた音がした。

【随分と……調子に乗ってくれるじゃねえかぁ！ サル風情がぁあああああああああ！】

さっきの数倍の怒気が漏れ出る。また大地が死んじゃ面倒だ。

『お空も大地さんも、何度も傷つけられたら可哀想ですもんね！』

「そーゆーこった。早めに終わらせるぞ」

俺は右手に持った剣を振り上げる。そして、振り下ろす。それだけだった。

ぼっ……！ とリドラが消し飛んだ。

「は、速すぎて……何をしたのか、わからなかったでござる……」

眼下で白猫が驚いている。あれ、そうなの？

『アイン、今あなたは人間だった頃の何千、何万倍のパワーにスピードを手に入れてるんです。四神の娘である白猫さんでも、目で追えません』

「へーそうなんだ」

『はい♡　そーなんです』

ぎゅるん、と空間がねじれる。そこから魔神リドラが出てきた。

「なんだ、おまえまだ生きてるのか？」

【なんだ……⁉　なんだ今のは⁉　何をされた⁉　あり得ない……この魔神すらも！　凌駕する速度とパワーだとぉおおおお⁉】

大いに焦るリドラに、ユーリが告げる。

『アインは今、わたしの治癒の力をその身に纏っています。常に活性化された細胞からなる肉体組織は、たとえ魔神であるあなたすらも、超えます』

ずっとユーリの世界樹の雫を体に浴びてる状態って訳か。ああ、どうりで体が軽いわけだ。

【だ、だが……！　これくらいで調子に乗るな！　いいかぁ！　今のオレ様の、パワーアップした能力は！　百万の命を持つ！】

「ほー、百万回」

【そうだ！　しかも殺されるたび強くなる！　はたしてこの魔神を、百万回死んでもなお立ち上がるこのオレ様を！　貴様は殺せるかなぁ⁉】

「え、あ、うん」

妙にハイテンションのリドラに対し、俺はごく自然な調子でうなずく。百万回。普通なら絶望していたところだろう。魔神の脅威は知っている。トール一人を倒すのにどれだけ苦労したことか。

リドラとか言うやつは、白猫が戦っていたと聞く。白猫を倒したやつが、魔神の力を手に入れて、そいつが百万回殺さないと死なない、死んだらその都度強くなる……。

普通、絶望するよな。でも……なんだろう。もう全然怖くない。

【てめえ！　オレ様をこけにしやがってぇえええええええええええ！】

音を置き去りにする速さでリドラが近づいてくる。だからなんだ？　音を超えるなら、それすら凌駕する速度で、動けば良いだけじゃないか。

「【攻撃反射(パリィ)】」

俺は剣を持ってつぶやく。それだけで全方向に衝撃波が走りリドラが頭上へと吹っ飛んでいく。

【ぐわぁあああああああああああああ！】

あの程度の攻撃に対して、攻撃反射するのに、剣を振ることすら必要ない。

「な、な、なんかお兄さんが……やばい！　人間超えちゃってるよ……⁉」

「その通りじゃピナよ。あやつは……ユーリと結ばれ神となったのじゃよ……」

頭上へとすっ飛んでいくリドラ。ああ、ちょうど良いか。

「みんな。ちょいと行ってくる」

「い、行くって……どこへいくの、おにーさん？」

俺はスッ、と頭上を指さす。

「『月』」

みんなが唖然(あぜん)としている。いや、そんな驚くことか？

『アイン。人間は宇宙へは行けませんよ』

あ、そっか。まあこの体なら、マジで不可能なんて一つも無いからな。

「それじゃ、行ってくるな！」

俺は空を飛翔する。能力じゃない。ユーリを纏って霊装状態になった途端、物理法則（じゅうりょく）から解放されたのだ。

空も飛べるし、宇宙へも行けるし……。

星の外に飛び出ても、呼吸ができた。

「おお、これが俺たちの星なのか……」

振り返るとそこには、青々と輝く、美しい星があった。こんな綺麗な場所に住んでたんだな……。

『綺麗ですね』

「ああ、ずっと二人で見ていたいよ」

『まあ。じゃあ……』

「ああ、そうだな」

月面に張り付いてるリドラを見やる。

【ばかな……ありえない……なんだ、あのパワー……】

パリィで吹っ飛んだリドラがゆっくりと立ち上がる。

「今のでどんだけ死んだ？　あと何回殺せば、おまえは死ぬ？」

すた、と俺は月面に立ち、リドラに尋ねる。

【う、う、うわぁあああああああああああああああ！】

子供のように泣き叫びながらリドラが俺に向かってくる。確かに能力が格段に上昇している。

「神鑑定(しんかんてい)」

だが俺の眼には、全部止まって見える。体の負担がでかかった神鑑定も、今じゃ普通にできる。

肉体が人間じゃなくなったからだろうか。

俺は白銀の剣を振るう……。というか、なんかこの剣も変化してないか？

『アインの闘気を吸って、聖剣も進化したみたいです。神剣、とでも名付けましょう！』

「神剣か。かっけーな。さて……」

俺は神剣を軽く横に振る。

時間が動き出す。連続してやつが消し飛んで、復活して、消し飛んで、を繰り返す。

一万回殺されたリドラは、月面に膝をついている。

「今ので一万回くらい？　結構百万回って殺すの面倒だな」

【あり得ない……なんだ……！　こ、このオレ様が……まるで、赤子扱いじゃないか！】

だんっ！　と月面をリドラが叩く。

【オレ様とおまえ、何が違う！　同じ神となった者同士！　なぜここまで力に差が出るのだ⁉】

全身に汗を噴き出しながら、余裕のない表情で俺に尋ねてくるリドラ。

てゆーか、そんな簡単なこともわからないのかこいつ。呆れたもんだ。

「教えてやるよ。それはな……おまえが一人で、俺たちが、二人だからだ」

ひとりで力を求めて、暴走してるだけにすぎない。ちょっと前の俺だ。それじゃ強くなれない。

「周りを見てるこったな。おまえにもいないのか？　一緒にいてくれる、大事な人が」

【うるさいだまれだまれだまれぇぇえええええええええええええええええ！】

ごきぼき、とリドラの体が変形していく。大きく大きく膨れ上がったそいつは……邪神竜とでも言うべき姿へと変貌した。

二足歩行で、背中からは漆黒の翼を生やしている。月よりもなお大きな巨体を持ち、体からは邪悪なるパワーがあふれ出ている。

『どうやら命を自ら潰して、それを代償に一時的なパワーを得てるみたいですね』

「生命エネルギーの圧縮、みたいなもんか」

俺はスッ、と剣を構える。

「虎神一刀流……居合」

俺は師匠・白猫から教わった技を使うことにする。目を閉じる。体からすべての力を抜く。

【おれおれおれおれおれさまがあああああああああ！　いっちばんだぁあああああああああ！】

世界から何もかもが消える。

音も、己の息づかいも。

でも感じる。すぐそばにユーリを。

何も怖くない。だって二人なんだ。力を求めて一人で暴れてるおまえなんかに、俺は負けない。

守りたい人が後ろにいる。愛する人がそばにいる。だから俺は……最強なんだ！

「奥義【絶空無尽斬】！！！！」

たいそうな技名の割に、攻撃はシンプルだ。居合抜き。それだけ。だが【回数】という概念も斬ることによって、一度の斬撃で、無限回数、相手に攻撃を与えることになる。

数え切れない斬撃の嵐を邪神竜となったリドラは浴びせられる。砂のように消えていく。

【オレ様が……世界最強の……存在となれたはずなのに……なにが、足りなかったんだぁ……】

消えゆく命に、手向けとして、俺は答えを授ける。

「そりゃあ……愛だよ」

【愛……？】

「ああそうさ。誰かを守りたいという気持ち。好きな人と共にありたいと思う心。それがあれば……誰だって無限に強くなれるよ」

ユーリへの愛に気づいた俺が、こうして強くなれたように、リドラもまた愛を知れば……もっと強くなれただろうにな。

やがて一〇〇万あった命は、無限の斬撃の嵐によってすべて散る。残ったのは静寂。俺は月面でユーリと共に立っていた。

「終わったな」

不思議と達成感みたいなもんはない。なんというか、ユーリと霊装を完成させた段階で、もう全部終わった感じがあったんだよな。

「帰るか、俺たちの星へ」『はい！』

俺はとん、と月面を蹴る。流星のようにあの青い星へと落下していく。地上が見えてくる。レーシック領のみんながこちらに向かって手を振っている。

「アイン様ー！」「しょうねーん！」「おにーさーん！」

領民、ジャスパー、冒険者たち。精霊、そして守り手たち……。

俺の大切な人たちが、俺の帰りを待っていた。

笑顔で出迎えてくれる彼らに、俺たちは手を振って応じる。

「『ただいまー！』」

エピローグ　運命の物語

アインが魔神を撃破して、数日後。魔界、魔王城にて。

「ふふ……だぁれもいなくなっちゃったわねぇ」

城の地下には、巨大なホールがあった。そこには真っ黒に染まった世界樹がある。

最後の世界樹……エキドナの樹だ。

大樹の前に立っているのは、浅黒い肌にとがった耳の女。

エキドナ……ではない。テレジアによって本名が明かされた、その名もアンリ。

「全魔族を投入しての大規模侵攻は、見事失敗。魔族たちは人間に捕らえられたそうよ」

すっ……とアンリが黒い大樹に触れる。その幹には、一人の男が埋まっていた。下半身は幹の中に入ってる。上半身だけがだらりと垂れ下がっている。

「ねえ……ミクトラン。エキドナの精霊核取られちゃった。テレジア、結構強かったわ。まあ計画通りだから、勝っても負けてもどっちでも良かったのだけどね」

木から生える男の顔は……アインの夢に出てきた男と同じ。守り手ミクトラン。

「これでアインの元に、九つの精霊核がそろったことになるわ。さらに魔族、魔神との戦いを繰り返し、そこに霊装の会得。完璧な器の完成よ」

ちゅ……とアンリがミクトランにキスをする。

「ねえミクトラン。わたし……待ったよ。このときを……ずっとずっと。永遠に近い日々、ずっと耐えてきたの。みんなに嘘ついて、たくさんの魔族を犠牲にして……。ついに、大願が成就する」

すっ、とアンリが胸元から黒い瞳を取り出す。それはゾイド、イオアナ、そして……リドラに埋め込んでいた魔道具。

「器の戦闘データよ。これがあれば器に入ってもすぐに体を動かしやすいでしょう？　ふふっ……感謝してよね、ミクトラン。全部あなたのためにやったのだから」

ずぶ……ずぶ……と黒い瞳がミクトランに埋め込まれていく。額、両手に埋め込まれ……ぶるぶるとミクトランが動き出す。

「ふふ……早く外に出たいのね。世界を黒く染めたいのね。大丈夫よ……でも焦っちゃだぁめ。永い眠りについていたのだから、体をゆっくりと起こさないと、体がびっくりしちゃうわ。ゆっくり、ゆっくりと……目を覚まして」

恋する乙女のように、アンリがつぶやく。

「早く起きてねミクトラン。待ってるから……あなたが目覚めて、わたしの名前を……呼びことを。アンリって、言ってくれるのを」

誰も居なくなった魔界にて、アンリはつぶやく。その声が誰の耳にも届くことはなかった……。

☆

魔神リドラを撃破した後……。

俺は、謝りまくった。迷惑かけた全員に。戦いに協力してくれた領民や冒険者たち、ジャスパーやギルドのみんな。

さらに命をかけてスパイしてくれてた羅甲（らこう）、力を貸してくれた守り手、精霊たち。

……特に、ピナには。何度も何度も頭を下げた。

その後も各地を回って、感謝をのべ……全部を終えて、レーシック領に戻ってきたのは……一ヵ月後だった。

「なげえ……」

俺はレーシック領、領主の館の裏にある庭園にいた。

ブランコに座るのは俺とユーリ。

「ユーリさん？　どうして俺のお膝に座ってるんですか？」

「んー？　えへへ～♡　ここが一番なので～♡」

お膝にお尻が完全に当たるんですがそれは……。ま、まあ……いいか。気持ちいいし。

「長い挨拶回りだったな……」

「そうですね。でも……いっぱいいろんな人に迷惑かけちゃいましたし、仕方ないかと」

「だな……みんなには、感謝感謝だよ」

命がけの戦いにみんな力を貸してくれた。しかも、無償で。これで感謝しないなんて嘘だよな。

「……なあ、ユーリ。おまえに、言ってなかったことがあるんだ」

「？　なんですか……？」

「あーえっと……直接本人が言いたいみたいなんだ。呼んでいい？」

こくんとユーリがうなずく。俺の左目が輝くと、目の前には、三女テレジアが現れる。

「テレジア姉様」

がたん、とユーリが立ち上がる。

テレジアはスッ、と頭を下げる。

「ユーリ、ごめんなさい。随分と迷惑をかけて」

心から己の行いを反省してるのだろう。深々と下げた頭と、そしてその申し訳なさそうな表情から伝わってきた。

「いいんです、姉様」

「……ミクトランは……死んじゃったのね。私……現実から目をそらしてたわ。……あなたのおかげで、やっと死と向き合えた。ありがとう、ユーリ」

ユーリは微笑(ほほえ)んで、どういたしましてと答える。

「それと……アイン。おまえにも迷惑かけたわ。ごめんなさい」

「いや……いいよ。ユーリが許したし、俺も許すさ」

彼女の瞳には、俺がちゃんと映っていた。ミクトラン、という別の男じゃなくて、ちゃんと現実を見ている。

「ユーリ。これを……」

懐から取り出したのは、白い精霊核だ。

「これは……？」

「エキドナの精霊核よ。あのとき……地下でアンリ……ダークエルフの女と戦ったときに、あいつが落としていったもの」

テレジアから、ユーリは白い精霊核を受け取る。

「エキドナ姉様……」

きゅっ、と胸に精霊核を抱くユーリ。

「じゃああのダークエルフ女は、エキドナじゃないんだな？」

「ええ。あれはアンリ。別の女よ」

「そっか……じゃあ、良かったじゃねえか。ユーリ。酷いことしてたのが、おまえの姉ちゃんじゃなくって！」

ユーリは小さくうなずく。でも……その表情は晴れない。そうだよな……エキドナは、精霊核状態になってるんだもんな……。

「案ずるな、ユーリよ」

「おかーさん」

ウルスラが転移してきて、ユーリから精霊核を受け取る。

「これは精霊の魂のようなもの。魂がある限り、いずれエキドナは復活するのじゃ」

「ほんとか⁉」

俺が言うと、ウルスラが笑顔でうなずく。

「ああ。しばらくはおぬしの眼の中に入れておくのだな、無くさぬように」

ウルスラがいつも通り、義眼を加工してくれる。

「私のもあげる」

と言った、テレジアからも精霊核を受け取って、義眼にくわえる。

「これで……精霊核は九つ。エキドナは休眠しているが……」

こくん、とウルスラとユーリがうなずく。

「旅は終わった、ということじゃな」

ユーリが言っていた、奈落から出て、家族に会いたい。九人いる姉妹を巡る旅路は……一応の決着がついたわけだ。

いつの間にかテレジアは消えていた。眼の中に入ったのだろう。残されたのは、初期の三人だ。

「旅……終わっちまったなぁ」

思えば色々あったな。でも終わってしまえば一瞬のことのように思える。

本当に色々あったけど、俺はこの旅に満足している。奈落で消えるはずだった不遇職の鑑定士が、今はこうして……愛しい人を得て、幸せになってるんだから。

「まだ終わりじゃないですよ」「うむ、そのとーりじゃ」

ユーリとウルスラがにっと笑う。

「人生はこれからじゃからな。さしあたっては！　孫の顔を見せるところから始めてほしいかのぉ」

「「ま、孫って……！」」

き、気が早い母ちゃんだ……ったく。

「冗談じゃ。ま、人生は長いのじゃ。色々やって楽しむがいいじゃろう」

「ですです！　結婚とか、赤ちゃん作るとか！」

ユーリめっちゃ笑顔。え、乗り気なん……？　い、いいのぉ……？

「おーい！　おにーさーん？」

しゅん、と俺の周りに、精霊姉妹たちが出てくる。

ピナをはじめとして、みんなにまに笑っていた。

「あたしたちが眼の中に居るの、忘れていちゃいちゃされても、困るんですけど～？」

「「そ、そうでした……！」」

くわあああ！　さっきのはずい会話聞かれてたのかー！

「あいちゃんは愉快だね～」と二女クルシュが笑う。

「いいなぁ……婚活しようかな」と三女テレジア。

「……アインくん。ユーリ。おめでとう」と四女アリスが祝福する。

「にゃー！　ふたりともおしあわせににゃー！」と六女カノンもまた祝ってくれる。

「へたれのお兄さん。もう二度と、おねえちゃん泣かしちゃだめだよ☆」と七女ピナが笑う。

「くく！　我が眷属（けんぞく）……じゃなくて、兄ちゃん姉ちゃん、良かったね！」と八女マオもまた笑顔で。

「ゆーちゃんも、おにーちゃんも、みんなしあわせウルトラはっぴー！」と九女メイが両手を挙げて喜んでくれる。

ユーリが家族に囲まれて、幸せそうに笑っている。この光景を見たいから、旅に出たところもある。目的を達成した俺は、これからどこへ行こう。どこへ行きたい。

簡単だ。彼女と共に歩いて行くのが、俺の道。彼女と共に、生きていくのが俺の望みだ。

「さて……じゃ、そろそろ戻ろうぜ」

「「「おー！」」」

ユーリと手をつないで、歩き出す。その後ろからユーリの家族がついてくる。

俺はこれからも、愛しい人たちと……愛する女性(ひと)と一緒に、歩いて行こう。

この眼とともに、未来を見据えて。

あとがき

初めましてのかたは、初めまして。そうでないかたは、お久しぶりです。茨木野（いばらきの）です。

本シリーズも、四冊目になりました。自分が出したラノベで、四冊も続いたものがなかったので、とても感慨深く思います。この作品が長く続けられているのは、ラノベや漫画の読者、そしてアニメからのふぐ鑑（不遇職【鑑定士】の公式略称）ファンの方がいてくださったおかげです。本当にありがとうございます。

第四巻のあらすじ。ユーリの姉妹捜しの旅もいよいよ大詰め。アインは残りの姉妹たちとの出会いを通し、最愛の人であるユーリとの絆を深めていく。そんな二人に、最大の試練が降り注いで……みたいな内容となっております。シリアス少し多めですが、いつも通り、強い主人公が無双する話となっております。三巻までの内容、そして漫画版が好きな方も、楽しめるかと。

尺が余ったので、近況報告を。先日、ついにふぐ鑑のアニメがスタートしました。アニメ、僕は放送が凄く楽しみでした。ですが、同じくらい不安でした。観てくれる人いるのかなぁ……と。特に今はアニメがたくさんたくさん放送される時代になっておりますので。でも、実際に放送されて、僕の不安は杞憂に終わりました。とてもたくさんの方が視聴して、そして、感想まで、X等でつぶやいてくださっていました！　それがめちゃくちゃうれしかったです！　ありがとうございます！

最後に、謝辞を。

イラスト担当のひたきゆう様。素晴らしいイラスト、ありがとうございました。口絵のドレス姿の精霊どれも良きでした！

前担当のK様。今まで本当にありがとうございました。ふぐ鑑を含め、たくさんの作品を、本として世に出してくださったこと、心から感謝しております。

新担当のN様。たくさんわがまま言う、めんどくさい僕ですが、これからもどうぞよろしくお願いします！

続いて、漫画担当の藤モロホシ様。アニメ化はやっぱりなんと言っても、藤様の描く漫画が魅力的だったから実現したのだと今でも思っています！　アニメ化という幸運を、摑ませてくださったこと、心から感謝申し上げます！　ふぐ鑑は僕の代表作であり、誇りです！

アニメスタッフの皆様、アニメ製作委員の皆様、ライツの皆様およびその他たくさんの、この作品に関わってくださった皆様。そして何より！　この作品を読んでくださった、全ての皆様に！深く御礼申し上げます！

最後に、宣伝！　ふぐ鑑、アニメ絶賛放送中です！　毎週木曜日、二三時三〇分から、TOKYO MX、BS11、ABEMAで放送中！　AT-X、テレビ北海道でも視聴できます！　よろしくお願いします！

それでは、またどこかで会いましょう！

二〇二五年一月某日　茨木野

不遇職【鑑定士】が実は最強だった4
～奈落で鍛えた最強の【神眼】で無双する～

茨木野

2025年2月26日第1刷発行

発行者	安永尚人
発行所	株式会社 講談社 〒112-8001　東京都文京区音羽2-12-21
電　話	出版　(03)5395-3715 販売　(03)5395-3608 業務　(03)5395-3603
デザイン	寺田鷹樹(GROFAL)
本文データ制作	講談社デジタル製作
印刷所	株式会社KPSプロダクツ
製本所	株式会社フォーネット社

KODANSHA

ISBN978-4-06-538966-9　N.D.C.913　325p　19cm
定価はカバーに表示してあります

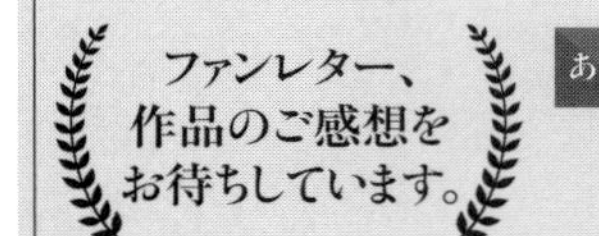

あて先
〒112-8001　東京都文京区音羽2-12-21
(株) 講談社　ライトノベル出版部 気付
「茨木野先生」係
「ひたきゆう先生」係

落ちこぼれだった兄が実は最強
～史上最強の勇者は転生し、学園で無自覚に無双する～

著:茨木野　イラスト:あるてら

最強の魔王・ヴェノムザードを倒した勇者ユージーン。
魔王を倒したユージーンは、気がついたら――はるか未来の世界で、
ユリウス＝フォン＝カーライルという貴族の少年に転生していた！
勇者という使命から解放されたユリウスは、
２度目の人生、そして学園生活を謳歌することを決意する。
しかし、勇者としての力を持って転生したユリウスは、魔法も剣術も全てが
劣化してしまった世界で無自覚に無双してしまうことに！

生放送！
TSエルフ姫ちゃんねる

著：ミミ　イラスト：nueco

『TSしてエルフ姫になったから見に来い』
青年が夢に現れたエルフの姫に体を貸すと、なぜかそのエルフ姫の体で
目覚めてしまう。その体のまま面白全部で配信を始めると——。
これはエルフ姫になってしまった青年が妙にハイスペックな体と
ぶっ飛んだ発想でゲームを攻略する配信の物語である。

老後に備えて異世界で
8万枚の金貨を貯めます1～10

著:FUNA　イラスト:東西（1～5）　モトエ恵介（6～10）

山野光波は、ある日崖から転落し中世ヨーロッパ程度の文明レベルである異世界へと転移してしまう。しかし、狼との死闘を経て地球との行き来ができることを知った光波は、２つの世界を行き来して生きることを決意する。
そのために必要なのは——目指せ金貨８万枚！